Minha mãe é uma peça

PAULO GUSTAVO

MINHA MÃE É UMA PEÇA

Com a colaboração de
Ulisses Mattos e Fil Braz

1ª reimpressão

Grafia atualizada segundo o Acordo Ortográfico da Língua Portuguesa de 1990, que entrou em vigor no Brasil em 2009.

Capa
Silvana Mattievich sobre foto de Páprica Fotografia para o cartaz do filme *Minha mãe é uma peça*

Fotos
Páprica Fotografia

Ilustrações
Leo Boechat

Revisão
André Marinho
Cristhiane Ruiz
Joana Milli

CIP-Brasil. Catalogação na publicação
Sindicato Nacional dos Editores de Livros, RJ

G989m

Gustavo, Paulo
Minha mãe é uma peça / Paulo Gustavo. – 1. ed. – Rio de Janeiro : Objetiva, 2015.
150p.

ISBN 978-85-390-0622-9

1. Humorismo brasileiro. I. Título.

14-18883 CDD: 869.97
CDU: 821.134.3(81)-7

[2021]
Todos os direitos desta edição reservados à
EDITORA SCHWARCZ S.A.
Praça Floriano, 19, sala 3001 — Cinelândia
20031-050 — Rio de Janeiro — RJ
Telefone: (21) 3993-7510
www.blogdacompanhia.com.br
facebook.com/editoraobjetiva
instagram.com/editora_objetiva
twitter.com/edobjetiva

Sumário

Minha vida dá um livro

Gente, eu fico pasma quando uma pessoa chega pra mim e diz "minha vida daria um livro". É, daria um livro, sim. Daqueles bem encalacrados, cheios de problemas, que em vez de ajudar deixa a pessoa mais maluca ainda. Ela lê seu livro e logo depois tem que ler um de autoajuda. Pra cada três páginas é uma sessão de análise. Sua vida daria um livro daqueles que ninguém quer ler e fica encalhado, abandonado às traças. Gente, quem lê livro hoje em dia? Só gente fina, com estudo. Pra muita gente ler, virar sucesso em livraria, entrar pra lista dos mais vendidos, tem que ter história bem boa mesmo. Senão não desperta em ninguém a vontade de ler. Palhaçada isso! Acha que é fácil? Você tem que ir aos poucos pra ver se tua vida daria um livro mesmo.

Acompanha comigo. Primeiro você pensa se sua vida daria uma peça. Porque peça é mais barato de fazer e tira pouco tempo de quem vai ver. Arruma um teatro, que é fácil, porque tá tudo vazio, culpa desse povo sem cultura que infelizmente nós temos. Eu tenho cultura, corri atrás. Só não vou a teatro porque não tenho tempo e não gosto de pegar aquelas vans cheias de velho. Aí, depois que arruma o teatro, pendura uma cortina no fundo, põe um sofá no palco, usa a roupa que veste em casa mesmo e pronto. Você já tem aí cenário e figurino. Aí vai lá e mostra tua vida, pra ver se daria uma peça mesmo. Porque quem vai ao teatro hoje em dia? É aquela pessoa preguiçosa, que se você pedir pra ir na rua te fazer um favor ela não vai. Mas se põe um ar-condicionado durante duas horas, aí ela vai. Nem que seja pra dormir no teatro. Aí é bom porque fica duas horas quieto na poltrona. Quieto mesmo, porque povo de teatro é metido, você sussurra uma coisa e todo mundo te olha de cara feia. Já viu alguém comendo pipoca no teatro? Não pode, gente. A pessoa não quer ter que fazer isso tudo só pra ver uma peça. Prefere o quê? Prefere ficar colado na televisão, engordando no sofá e também engordando o sofá, com farelo de biscoito recheado. Porque sofá come mesmo, você procura pra limpar farelo e não acha, vai acumulando até dar formiga, barata. Barata que come biscoito recheado fica até mais ágil, é um terror pra matar. Então, como eu tava dizendo, pra pessoa querer ir ao teatro pra ver tua vida é porque os acontecimentos têm que ser bons mesmo. Agora, se muito curioso foi lá ver sua vida na peça, lotou aquilo lá, aí é que você pode pensar que sua vida talvez dê um programa na TV. Porque não é qualquer coisa que tá na TV que dá certo. E dar certo não é seus amigos dizendo que gostaram, não. Aquela gente falsa dizendo que tá ótimo o programa, mas que nunca viu, nem assina o canal em que tá passando.

Querendo ser agradável, né? Quer ser agradável então assiste o programa, poxa! Avisa lá nos Twitter, aquele negócio no computador que todo mundo fala com um passarinho e ninguém te segue. Diz que tá começando o programa lá pros seus amigos do Feice e diz pra todo mundo assistir. Isso aí é que é ser agradável. Porque pra dar certo tem que ter muita audiência. E tem que ter gente que entende de TV elogiando no jornal. Tem que ter nota dez lá daquele pessoal nas colunas, que têm o emprego dos sonhos. Ê profissão boa essa de ficar vendo TV e dizendo o que é bom ou ruim. Isso que é emprego chique, que dá prestígio. Se eu tivesse que escolher entre ser engenheiro da Petrobras e colunista de TV, é claro que eu ia escolher ficar dando nota pros programas. Aí a novela já tava garantida, não poderia deixar de ver nunca!

Se o programa de TV deu certo, aí talvez você possa dizer que tua vida daria um filme. Porque filme é mais caro de fazer. Tem que pagar um monte de gente. Primeiro tem o rapaz que escreve a historinha. Porque tem que ter história com um monte de personagem, o pessoal não gosta de uma pessoa só falando o tempo todo na tela, não, que nem no teatro. Depois tem o cara nervoso lá que dirige os atores, os artistas que fingem que são seus filhos e amigos, a moça que faz a maquiagem pra disfarçar a cara dos atores que não são tão bonitos quanto você pensa. Também tem a mulher que fala as roupas que você tem que usar e até pega emprestado em loja. O engraçado é que vai gente depois e compra a roupa que já usaram no filme! Sem contar os homens lá que mexem com as câmeras e passam o tempo todo perdendo o tal do foco... Nossa, é muita gente. Caríssimo isso. E pra pagar isso tudo tem que ir muita gente em tudo que é cinema. E esse pessoal prefere ver artista americano, filme em inglês, essas porcarias de óculos 3-D na sua fuça, cheio de bactéria dos outros. Bactéria sim, vírus e até protozoário. Porque vocês acham que eles limpam direito? Merda nenhuma! Limpam igual a cara deles. Quem ganha pra limpar aqueles óculos ganha pouco, tá com ódio de ter que limpar aquilo. Só quem limpa coisa direito é mãe. E não é tua mãe que tá limpando aqueles óculos 3-D pra você. Então tá sujo.

Se foi mesmo gente ver a tua vida lá, lotando tudo que é cinema, então é porque talvez, só talvez, tua vida seja como nesse ditado aí. Só aí que você pode dizer que a sua vida daria um livro. Porque livro tem que ser bom pra dar certo, já que tem concorrência de outros troços pra ler. Por exemplo, pra se meter na vida dos outros lendo é mais fácil pegar essas revistas de fofoca, que têm muito menos letras e muito mais imagens. Qualquer uma dessas assanhadas de reality, desses programas de reality show da TV, pode dizer "minha vida daria uma revista de fofoca". Claro, minha filha. Ainda mais se tiver foto e você estiver de biquíni, mostrando as vergonhas. Aí vai todo mundo pagar pra ver sua vida fácil. Ou então essas atrizes famosas, que vão pra Europa. Minha filha, não é sua vida que daria uma revista, são suas férias.

Pra sua vida dar um livro, tem que ser uma história sofrida, cheia de emoções fortes, drama sem solução, sacrifícios, ingratidão e, claro, grandes lições de sabedoria... Exatamente a minha vida. E nesse livro aqui não vou contar historinha, não. É minha vida mesmo, no dia a dia, com minhas conversas com minha filha Marcelina, meu filho

Juliano, meu ex-marido Carlos Alberto, minha ajudante no trabalho de casa Valdeia, que prefere ser chamada de secretária, mas ainda não chegou lá, e um monte de enxerido que não merece estar aqui nessa explicação, porque não sou de dar bola pra quem não é digno de atenção. E pra provar que não tô mentindo, o livro tem pedaço de jornal, e-mail, foto, bilhete e tudo o mais. Porque minha vida dá um livro, sim. E ilustrado, com muito mais do que só letrinhas.

1.

Guia de dona Hermínia sobre como criar os filhos

Eu tava agora vendo um programa na TV que é um absurdo. Uma babá dizendo como é que se cria filha dos outros. Uma tal de superbabá. Super o quê? Babá não pode ser super! Super é herói. Ela é o demônio! A criança não gosta dela! Então tem que ter uma conotação diferente aí. Ela só poderia ser a superdemônia!

Então, não pode chamar babá de super! Nem supermercado elas enfrentam, só tomam conta de criança. E a louca lá na TV dizendo que não pode dar uns tapas nos garotos. Tem que prender uma mulher dessas. Palhaçada isso, agora, de babá ensinar pra mãe como que se cria o filho da gente!

Esquece essa louca dessa babá! Eu que sou mãe é que posso dizer como é que se cria filho. Com três regras eu tiro o emprego dessa vaca na TV. Não precisa nem fazer uma série inteira. Me dá um programa único de 15 minutos e suas crianças tão formadas pra ser cidadão de bem.

Eu criei filho sozinha, nunca tive esse luxo. Agora, se eu criei certo ou errado, não sei. Mas tá tudo aí criado, todos honestos.

Cena do filme *Minha mãe é uma peça*, de André Pellenz, com Paulo Gustavo, Rodrigo Pandolfo e Mariana Xavier

REGRA 1

Tem que saber dar limite. E para dar limite, tem que saber dizer "não". Eu digo "não" com a maior tranquilidade. Meus filhos foram criados assim. Sabe qual foi a primeira palavra que o Juliano aprendeu a falar? Exatamente: foi "não"! Porque me ouvia falar muito, óbvio que ia ser a primeira coisa que ele ia dizer. E a primeira palavra da Marcelina? É, não foi "não". Foi "papá". Carlos Alberto ficou todo feliz achando que era "papai", mas fechou a cara quando Marcelina apontou pra um pedaço de pernil que tava na mesa. Bem feito pro Carlos Alberto. Mas a segunda palavra dela foi "não", porque eu sou boa educadora. Ela só não falou "não" antes de "papá" porque essa coisa da comida na Marcelina é muito forte, é genético mesmo. Tá impregnado nos DNAs dela.

Mas comigo sempre foi assim mesmo. Qualquer pedido eu digo logo "não". Tem que ser que nem naqueles filmes de faroeste. Atira primeiro e pergunta depois. Então, primeiro é "não". "Mãe, quero viajar com minha amiga..." "Não!" "Mãe, tô precisando de dinheiro pra..." "Não!" Depois que explicarem que a viagem é junto com os pais da amiga ou que o dinheiro é pra comprar um presente pra um amiguinho, aí é que eu vou dizer "sim".

Não pode ter medo de dizer "não". O mundo vai dar "não" pro teu filho o tempo todo, a todo momento, a cada instante, gente. Então ele tem que aprender a receber "não". Senão fica mimado. Pior coisa que tem é filho mimado. Desde cedo meus filhos aprenderam a dividir brinquedo. Quando no meio da brincadeira diziam "esse brinquedo é meu", eu chegava logo, pegava o brinquedo e dizia "agora é meu". Era só começar de palhaçada e eu fazia isso. Dividiu, pode brincar.

O mundo vai acabar por causa de filho mimado, não é por desastre da natureza, não! Outro dia uma vizinha, dona Idalina, me falou que chegou atrasada num compromisso porque a neta de 5 anos não queria sair de casa, não queria botar a roupa de jeito nenhum. Pode isso, gente? Eu falei pra ela que isso tinha solução. Ela respondeu: "Ah, Hermínia, você vai dizer que eu tinha que bater na menina?" Falei: "Nada disso! A solução é VOCÊ levar uma coça, porque não pode ser dominada pela menina!" Palhaçada isso. Tem que se impor. Se é neta minha, ponho a roupa nela e arrasto pra rua comigo. Vai chorando pela rua, não quero nem saber. Senão a criança vira um desses monstros que têm por aí hoje em dia.

Outro dia Juliano não atendeu às minhas ligações. Deu três da manhã e ele na rua. Não atendia o celular. Fiquei esperando ele chegar, sentada em cima da mesa, pra dar altura de voar nele quando ele chegasse. Peguei um tablet pra dar na cabeça dele assim que ele entrasse pela porta. Ia ser de surpresa mesmo, porque surpresa é uma emoção que não sai da pessoa depois. E o tablet era pra ele lembrar sempre também, porque tá o tempo todo com aquele troço na mão. Ia ver o tablet e lembrar de mim e dos tabefes. Ia sempre fazer a conexão, tablet, tabefe, tablef, entende? Deu cinco da manhã, a porta abriu e eu voei em cima. Só que ele tava com o primo, que foi entrando na frente dele. O coitado começou a gritar dizendo que não era meu filho. Falei: "Vai apanhar também porque aqui dentro a mãe sou eu! Bato por mim e bato por ela!" Os dois levaram um cacete, que é pra aprender a ter limite. Tem que ter hierarquia, gente!

Regra 2

Tem que dar exemplo. A gente educa mais com exemplo do que com palavra. Você não pode fazer as coisas erradas na frente das crianças. Eu não tô nem dizendo pra não fazer coisa errada, porque isso é impossível. Mas faz escondido. Porque você pode ser muito certinho, mas sempre faz alguma coisa que as pessoas condenariam se vissem. Vai comprar negócio falsificado, porque é o que o dinheiro tá dando pra comprar? Nunca na frente das crianças. Vai mandar a síndica à merda, porque ela tá enchendo o saco de todo mundo? Nunca na frente das crianças. Vai baixar música ou vídeo na internet? Aí tem que ser na frente das crianças mesmo, porque elas é que vão te ajudar nisso. Senão você não consegue.

Aliás, tem crime que a gente nem acha que é crime, né? Mas mesmo com esses eu sempre tomei cuidado de não deixar fazer na frente dos meus filhos. Por exemplo... eu tenho uma mente muito aberta pras coisas. Tenho uma amiga que sempre foi muito doidona. Fumava aquelas coisas e tudo o mais. Mas casou, e o marido deu jeito nela, afastou a mulher dessas coisas. Não que eu seja contra, mas dá encrenca. Melhor não pegar em negócio que te deixe em desvantagem diante da polícia. Bom, mas aí ela teve uma briga feia com o marido e queria passar uns dias lá em casa pra decidir a vida. Porque quando amiga minha briga com o marido vem logo conversar comigo pra saber como é se separar. Eu digo: "Sou consultora de divórcio, agora? Eu, hein!" Divórcio é coisa pra você enfrentar sozinha, porque é assim que sua vida vai ser!

Mas aí essa minha amiga falou que queria passar um tempo morando comigo. Eu disse que sim, porque tenho um coração imenso. Mas aí ela falou que ia se libertar das regras do marido e perguntou se meus filhos tinham algum amigo que podia arrumar cigarrinho ilegal pra ela puxar fumo. Eu quase expulsei ela na mesma hora. Ela falou: "Mas Hermínia, você é tão cabeça aberta, nunca teve preconceito com essas coisas." Eu tive que explicar para ela que a gente tem que dar exemplo. Quer fumar, fuma. Mas não na minha casa, que não é lugar disso. Eu não sou contra o sexo, mas não quero ninguém transando no meio da sala. Quer transar com cinco, seis pessoas ao mesmo tempo, quer botar um tamanduá junto, tudo bem. Mas vai pra um motel. Quer fumar essas coisas, tudo bem. Mas vai fumar lá no meio do inferno. Eu gosto de umas bebidinhas, mas não fico bêbada em casa. Tem que dar exemplo, gente.

Regra 3

Tem que saber ser amigo dos filhos. Uma vez, quando eu ainda era nova, peguei um táxi, e o motorista era um senhor muito sábio, conhecia tudo que era caminho sem precisar desses GPS que têm hoje em dia. Taxista que presta é aquele que sabe andar sem GPS. Já imaginou um cirurgião operando com um livro do lado com foto do corpo humano? Livrinho com desenho de esqueleto? Outro dia eu fui andar de avião e a porta ficou entreaberta. A aeromoça não sabia o que fazer e chamou o piloto. Aí ele mandou ela pegar o manual do avião! Eu quase que dei na cara deles. Pelo amor de Deus, gente! Se vai pilotar ou vai ser aeromoça, estuda antes essa merda desse avião!

Mas então, como eu ia dizendo, esse taxista sabia de tudo, de política, de agronomia, de tudo. Era um desperdício ele estar ali dirigindo táxi. Ele me falou: "Minha senhora, se você não for amiga do seu filho até ele fazer 14 anos, nunca mais vai ser. Aí depois você não tem nem o amigo e nem o filho." Olha, eu peguei isso e tomei como uma verdade pra sempre na minha vida.

Mas por que 14 anos? Porque com 14 vira adolescente e desabrocha tudo que tem de ruim no ser humano. É quando eles começam a desafiar todo mundo. É a rebeldia. Mas, pensando bem, acho bom baixar pra 12 anos isso, porque tem que atualizar as coisas. Hoje essa criançada tá ficando adolescente com 12, 13 anos. Isso é o quê? É frango com hormônio que essas crianças comem. É mulher pelada na televisão, artista se pegando em novela. Essas sacanagens ativam o hormônio de frango que tem nos meninos e aí fica tudo adolescente com 12 anos. Só que tem menina menstruando com 9, 10 anos. Aí na verdade você tem que fisgar elas antes! Tem que pegar amizade já com 8!

Eu sou muito amiga dos meus filhos. Eu digo: "Meus filhos, se vocês matarem alguém, quem é a primeira pessoa que vai saber?" Eles respondem: "É você, mãe." Quando eu contei isso pra Valdeia, ela até falou: "Dona Hermínia, é bom mesmo que a senhora seja a primeira pessoa a saber, porque aí já garante que não é você a vítima." Aí disse pra ela: "Tomara que a vítima não seja você também, né? Porque podia ser você, Valdeia!" Dei logo uma resposta e mandei ela lavar uma louça. Muito sonsa essa Valdeia.

Eu digo que meus filhos me contariam porque eles são meus amigos. Se eles matassem alguém, viriam correndo me contar, porque sou amiga. Se eles matam alguém, eu vou ser a primeira a ajudar a polícia a achar eles. Mas se deixar, eu entro na cela junto com eles, porque não vou aguentar ver filho meu sofrendo sozinho na prisão. Já pensou Juliano preso? Juliano? O que ele ia sofrer com os colegas de cela por ser desorganizado? Os bandidos hoje gostam de tudo no lugar, tanto que o crime mesmo é organizado. E o meu mais velho, o Garib? Ah, esse eu nem falo nada, porque esse não faz nada errado pra ir pra prisão. Não vou perder tempo divagando. Mas e Marcelina na prisão? Eu tenho que estar o tempo todo lá, pra levar comida pra coitada. Senão ela mata uma pessoa e come. Capaz dela virar canibal em 15 minutos se eu não seguro essa menina. A pena dela aumentaria por canibalismo.

Se bem que eu não vejo a menor possibilidade de Marcelina virar canibal, porque no primeiro dedo que ela morder do colega eu viro a mão na cara dela e ela larga o canibalismo em dez minutos.

Porque mãe é assim. No mesmo lugar que bate também beija. Porque tem que cuidar. Porque mãe é a relação mais forte que existe. Isso é em qualquer espécie de mamífero. E de ave. Ave também tem isso. E nós humanos temos essa relação ainda mais forte, por causa de quê? Porque ainda tem a parte pensante que os outros mamíferos e aves não têm. Pai não tem essa relação, porque embora seja pensante ele não amamenta. Se bem que nem sempre é pensante, no caso de certos pais. Mas deixa pra lá. O que importa aqui no meu raciocínio é que o pai não tem o seio, não dá leite. E nem bota ovo, não choca. Você tá entendendo? A coisa da mãe é intensa. É visceral isso.

1. Guia de dona Hermínia sobre como criar os filhos

Cena do filme *Minha mãe é uma peça*, de André Pellenz

2.

Preconceito: você ainda vai ter um

Gente, passou na televisão mais uma vez aquele filme lindo de morrer. O *Titanic*. É lindo de morrer. Mas o homem mais lindo morre, né? Pra que, gente? Mas ainda bem que morre só no final, porque se morre no início eu saio do cinema na mesma hora. É muito bonito aquele rapaz, o Leonardo di Caprio. Tinha que ganhar um Oscar só pela beleza, não precisava nem falar nada. Mas não é que o rapaz sabe atuar! Na vida real ele é podre de rico, mas é tão talentoso que sabe fazer direitinho um pobre. Ele fez sucesso porque o povo se identificou com ele, que sofreu preconceito no filme por ser pobre. Até a mocinha tem preconceito, não deixou ele subir no pedaço de madeira onde cabiam duas pessoas. Se fosse rico, ela deixava. Ou até revezava. Mas é pobre, sofreu preconceito e morreu. Eu tava pensando sobre essa coisa de preconceito. É uma coisa engraçada, até, porque todo mundo diz que não tem. Mas todo mundo tem. Não adianta dizer que não tem porque tem, sim. Pode até não querer ter, que já é um grande ganho, mas tem. E todo mundo sofre preconceito de alguma forma em algum momento da vida. Eu mesma sofri preconceito a vida toda. Logo que me separei de Carlos Alberto, sofri o primeiro preconceito. Porque as pessoas olhavam torto na rua. Achavam que eu era puta. Mas eu não era. Pelo contrário, porque depois que eu me separei não vi mais homem. Puta, só se fosse puta da vida com Carlos Alberto.

Depois teve o segundo preconceito, quando meu filho mais velho contraiu matrimônio. Contraiu mesmo, porque o coitado se casou com uma mulher feia. As pessoas comentavam muito isso. Ele contraiu e me contrariou, eu sei como é difícil pra uma mãe entregar o filho para uma mulher prejudicada na beleza. Mas o que eu vou fazer? Com o tempo a gente vai acostumando...

Aí o terceiro preconceito foi quando nasceu minha Marcelina, que é minha filha do meio. Marcelina veio bem gorda, mesmo. Nasceu já com 5 quilos. E a gente não conseguiu reverter isso de jeito nenhum. A menina mamava desesperadamente, eu quase morri com aquilo. Mas eu vou fazer o quê? Nada, mas nada mesmo acabava com a fome daquela garota. A impressão que eu tinha era de que ela, recém-nascida, tava querendo comer uma feijoada.

Então veio o quarto preconceito que eu tive, com o Juliano, meu filho mais novo. Ao longo do tempo, a gente foi vendo que ele estava bem afeminado. Foi desenvolvendo a coisa do gay. A gente sabe. Mãe sabe dessas coisas. Eles não contam isso pra gente, mas a gente sabe. Mas eu vou fazer o quê? Vou bater nele? Vou expulsar? Não, eu vou amar. Eu amo meu filho da mesma forma.

E tem mais. Dizem que gay é o filho que mais te ajuda, que é o filho que fica em casa, que arruma as coisas, que faz comida, que é carinhoso... mas não é. Aqui em casa, tirando ser gay, é a mesma merda de um filho comum. Não fica em casa, não me dá confiança, só vem pra dormir e larga tudo jogado. Mesma coisa.

Cena do espetáculo *Minha mãe é uma peça*

Isso tudo é preconceito que eu vivi. Mas eu tenho que confessar que também tenho meus preconceitos. Um exemplo? Pessoa de idade. Velho mesmo. Eu tenho horror de velho. Brigo com tudo que é velho em banco. Os funcionários adoram, porque eu vingo eles. Faço tudo que eles não podem, porque são proibidos por lei de destratar esses velhos chatos de banco. Velho é inconveniente. Querem tudo na horinha deles, aporrinham tudo.

Outro dia quase bati num velho no banco. Eu tava na fila preferencial. É, eu não tenho idade para ficar na fila preferencial, mas eu tinha motivo, tava dentro da lei. Foi um dia que a vizinha teve um problema com a babá e pediu pra deixar a filha dela comigo. Era pra cuidar da menina só de tarde, porque a vizinha é funcionária pública, consegue trabalhar só de uma às cinco. Eu sou pessoa de coração ótimo, então fiquei com a menina. Mas aproveitei que tava com criança de colo e fui em tudo que é lugar que tinha fila.

A primeira parada foi o banco, claro. Fiquei naquela fila que tem cadeirinha. Fica tudo que é velho sentado. O caixa chama o que tá na cadeira mais perto e o lugar fica desocupado. Aí tudo que é velho levanta pra sentar na cadeira do lado. O velho que tava antes de mim na fila até que era bonzinho. Ele se levantou e disse pra eu esperar um pouquinho antes de sentar na cadeira que ele tava ocupando, para não sentar no quentinho dele. Eu disse: "Mas que besteira é essa de não poder sentar no seu quentinho?" Aí ele explicou que o pai dele, no tempo do bonde, ensinou que ele não podia sentar no quentinho dos outros, pra não pegar uma doença de quem tava sentado antes. Porque é no quentinho que a doença fica.

Eu não liguei. Palhaçada isso. Sou uma pessoa que lê, não acredito em pegar doença em quentinho. Mas nem briguei com o velho, porque ele tava querendo ser legal comigo. O negócio é que ele falava isso toda hora, a cada levantada. Na terceira vez que ele falou, resolvi esperar antes de sentar no quentinho dele. Vai que ele tá com alguma doença mesmo. Tava insistindo tanto. Aí o velho que tava depois de mim falou que eu tava demorando muito para ir pra outra cadeira. Ele disse: "A senhora que é mais nova fica aí com preguiça pra levantar." Ah, ele não sabia com quem tava falando. Eu disse logo: "O senhor é um velho ranzinza." No que eu disse isso, ele falou: "A senhora me respeite, porque eu tenho 75 anos." Respondi: "Pois se é pra chegar aos 75 anos e ficar chato assim, eu prefiro morrer agora. E quer saber? Não vou levantar! Não vou levantar! Pronto, acabou! Vou ficar aqui até me chamarem. Quero ver o que o senhor vai fazer." Ele não fez nada, botou o rabo entre as pernas. O pessoal do banco adorou. Se pudessem, batiam palma pra mim. Porque eu tô fazendo justiça. Sabe, às vezes eu até acho que eles sempre foram chatos. Não é só porque são velhos, não. O problema é que vai exacerbando isso com a idade. Eu nem me preocupo em como vou ser quando ficar velha, porque sei que não chego lá. Com o que eu aguento dessas crianças, não tem jeito de eu viver muito, não. Pelo menos não vou torrar a paciência dos outros.

3.

A LUTA CONTRA A BALANÇA

Eu ANDO MUITO PREOCUPADA com a Marcelina. Essa menina tá imensa de gorda, porque Carlos Alberto não educa. Ele tem que educar essa garota. Eu não dou conta dela sozinha, porque ela dá duas de mim. Tem que ter Carlos Alberto para me ajudar.

Esses dias agora eu mandei essa garota no endocrinologista. Eu leio muito, me informo. Pensei logo que isso só podia ser problema glandular. Coisa de tiroide. Porque eu vejo gente que come à beça e não engorda. Isso é gente abençoada. Deixar de comer essa menina não vai. Então tem que ver se tem uma disfunção nessas glândulas da Marcelina. Ou então mexer na tiroide dela pra passar a queimar as calorias. Tem que mexer no metabolismo dela, porque na cabeça a gente não consegue. Essa menina tem mentalidade de gordo, não adianta mais nada.

Aí levei na médica e ela falou que as glândulas estavam boas, que era tudo normal. Falou que tinha que dar um jeito nas gorduras da Marcelina com dieta, mesmo. Mas aí a doutora mandou ela comer de três em três horas! Que dizer, uma coisa que era pra me ajudar... só me prejudicou, tá me entendendo? Eu li umas coisas na internet e vi que tá certo essa coisa de comer de três em três horas. Mas é uma salada, uma verdura, uma fruta. Essa garota come uma lasanha de três em três horas. Aí não tem como, né?

Mas eu vou mudar isso. Só vou botar comida boa aqui dentro. Aí quero ver como ela vai fazer pra engordar. Vai comer o sofá? Não vai. Vou fazer uma lista de compras que vai fazer inveja a coelho. Vou deixar a lista pra Valdeia comprar na feira.

– Cenoura (comprar as que têm folhas grudadas, porque era o que o Pernalonga comia e isso mexe com o subconsciente lúdico das pessoas)

– Alface (pegar a crespa, porque a alface americana pode ser transgênica, com tecnologia gringa)

– Mamão (não comprar papaia, porque se tem a ver com pai, não pode ser bom)

– Abacaxi (pode ser grande, porque já tenho experiência em descascar abacaxi de tudo que é tamanho aqui em casa)

– Açaí (não sei comprar isso, vê se tem um bombadão de academia na feira pra ajudar a escolher)

– Goiaba (comprar as que têm mais tanino)

– Maçã (duas cada: verde, argentina, Thompson e gala, pras crianças não dizerem que não comprou a que elas gostam)

Valdeia volta das compras cheia de bolsas pesadas. Hermínia a recebe na cozinha empolgada com as maravilhas que acabaram de chegar da feira.

— Tá tudo aqui, dona Hermínia. Só queria saber pra que isso tudo que a senhora mandou comprar.

— Valdeia, não seja ignorante. Vamos dar uma guinada agora aqui em casa. Guinada, Valdeia! Sabe o que é guinada?

— Uma mudança, né?

— Isso, Valdeia! Vamos começar agora uma nova fase. Acabou essa história de biscoito recheado. Vamos levar uma vida saudável. Marcelina precisa emagrecer e todo mundo vai apoiar a menina comendo coisa boa também. Vai todo mundo ser saudável aqui em casa. Eu pesquisei tudo sobre o assunto. Vai pegando as coisas da bolsa para eu conferir se tá tudo certo.

— Aqui o mamão.

— Olha o mamão, que beleza. Marcelina vai ser a primeira, eu vou enfiar isso aqui dentro da goela dela. Isso é pra acabar com aquele problema de intestino, porque eu não gasto mais um real nessa casa com aqueles iogurtes pra desempedrar.

— Sei não. Tem certeza que funciona mais que iogurte?

— Ih, Valdeia. Tem muita coisa que você não sabe. Você tá por fora!

— Tá aqui o abacaxi.

— Olha esse abacaxi, que coisa linda! Abacaxi, minha filha, faz bem pra laringite, tá? E faz bem pra acalmar a garganta. Eu pesquisei. Então pra mim, que fico aos berros o dia inteiro com essas crianças, é ótimo. Eu tenho que comer mesmo essa coisa de abacaxi.

— Olha aí o açaí. Não tinha bombado na feira, não. Mas o feirante me garantiu que esse tá no ponto. Quem vai comer isso?

— Todo mundo vai comer, Valdeia. Menos você, porque tá menosprezando a fruta. Açaí faz bem pros radicais livres e pra pele. Inclusive você tá precisando.

— Minha pele tá boa, dona Hermínia. Não tá me faltando o que dizem que faz bem pra pele.

— O quê? Tá de palhaçada comigo? Tá insinuando alguma coisa pra mim? Não sinto falta de homem não, tá bom? Você é que tá muito assanhada, indo pra esses pagodes aí que eu sei.

— Olha a goiaba aqui.

— Que beleza de goiaba! Isso tem ferro e tanino.

— O que é tanino?

— Aí você me pegou, né? Mas com certeza é uma coisa maravilhosa. E dizem também que goiaba tem vitamina A e C. Previne acidez, é bom pro metabolismo e ajuda na fermentação. Quer dizer, goiaba é uma coisa maravilhosa. Eu estudei! Eu tenho horror a goiaba, mas vou aprender a gostar, né? Porque quem não gosta de goiaba hoje em dia tá perdido. Devia ser a fruta principal do paraíso, não a maçã. Aliás, cadê a maçã?

— Só achei boa essa aqui, maçã argentina, a mais cara.

— Tem problema não, Valdeia. Porque olha essa maçã, que esplendor! A maçã, dizem que tonifica o organismo, melhora a digestão, serve pra uma série de coisas. Tem vitamina de tudo que é letra e ainda é calmante. Você tá entendendo?

— Sei não, acho que a senhora gastou muito dinheiro nisso tudo.

— Gastei uma nota preta, mas pensa que em troca a gente vai viver o dobro.

— Pra que viver o dobro se for pra ficar sem comer biscoito, doce, pizza...

— Ih, Valdeia. Cala a boca! Fica falando igual a uma gralha! Você tem que adotar a guinada, tem que dar exemplo!

— Tá bom, dona Hermínia. A senhora me dá licença agora que eu tenho que ir no mercadinho pra comprar arroz e feijão.

— Compra arroz integral e feijão azuki.

— A senhora me dá mais dinheiro, então?

— Óbvio, né?!!! Pergunta idiota a essa hora, no meio da tarde? Vem me surpreender agora com pergunta idiota? É claro que vou te dar mais dinheiro! Já te mandei roubar alguma vez?

— Tá bom, dona Hermínia. Tô indo já, pra não perder a hora de fazer o almoço.

— Vai então, Valdeia. E traz também óleo de soja que tá acabando. Vou comer essas coisas naturais aqui com um monte de fritura pra ajudar a descer. Se carne de soja é saudável, fritar tudo no óleo de soja também deve ser bom.

4. Marcelina vai ter que entrar em forma

Passei numa academia e peguei esse folheto aí de cima. Porque pra levar uma vida saudável não basta só comer essas frutas, não. Tem que fazer exercício também. Na verdade, se for ver bem, eu já malho aqui em casa. Porque pegar copo que Juliano deixa em cima das prateleiras da estante é exercício pra bíceps. E tríceps, porque é muito copo. Abaixar pra limpar privada é abdômen. Catar farelo de biscoito de Marcelina é glúteo. Aliás, glúteo é uma coisa que eu malho muito. Eu limpo farelo de biscoito o dia inteiro dentro de casa. Se eu não botasse Valdeia pra me ajudar a limpar isso aqui, eu já tava com a bunda nível Viviane Araújo.

Se em vez de farelo e embalagem de biscoito eu encontrasse casca de fruta pelo chão, eu ia reclamar menos. A gente catava com ódio essa casca, mas dividia o ódio com a felicidade porque pelo menos comeu uma fruta.

Eu sou palhaça de entrar em academia? Não sou. Gastar dinheiro pra ter gente mandando em mim, me dando ordem? Pega isso, levanta aquilo, pula dez vezes pra mim. Não sou boba.

Eu nem tenho idade pra usar essas roupas que as garotas usam. Não tenho mesmo. Outro dia eu passei na frente de uma academia, tinha uma menina saindo com as calças encravadas dentro da bunda e os peitos quase pulando. Me subiu um demônio e eu quase que parei ela pra perguntar: "Você sabe que você é puta, né?" Mas aí achei melhor ela resolver em casa com a mãe dela. Não tenho nada com isso.

Porque tem umas roupas que essas meninas usam na academia que são muito vulgares. Roupa de puta, você tem que admitir aqui comigo. Teve um dia que não aguentei e entrei na academia pra ver o que essas meninas fazem. Eu até entendi que elas precisam usar uma roupa mais colada que é pra ajudar na malhação, pra elasticidade delas. Então podia ficar vestida assim só pra malhar e trocar a roupa pra ir pra casa. Mas não. Elas vão piranhas a rua inteira!

É por essas e outras que não vou pra academia. Eu vou é caminhar ali na praia de Icaraí. Li que caminhar é muito bom pros ventrículos, que são os buracos do coração da gente. Tem que caminhar abrindo e fechando o braço, no ritmo do coração. Caminhar assim é muito melhor que correr. O cara que disse que correr era bom, o doutor americano lá, morreu. Correu a vida toda e morreu. A pessoa que corre tá apressando a morte, tá correndo pra chegar na cova mais cedo. Eu sou boba? Vou caminhando. Caminhando a gente chega na hora certa no enterro. Eu morro, mas morro sem aquela roupa colada no corpo.

Mas a Marcelina vai ter que fazer academia, sim. Só tem que resolver a situação dela, né? Com o peso dela, vão cobrar duas matrículas. Eu não tiro a razão deles. Por quê? Primeiro: é muito mais difícil de emagrecer a menina. Segundo: um ou outro aparelho vai quebrar, porque vai ser surpreendido pelo peso dela. Vão cobrar pela manutenção, com certeza. Porque fazem esses aparelhos pro magro que vai malhar. Não fazem pro gordo. A gente, que tá acima do peso, sobe naquela merda e quebra.

E ainda vou gastar com roupa, porque vai rasgar. Roupa pra malhar é tudo pra magra. A gorda surpreende o tecido. Primeiro exercício que fizer na academia, faz que nem o Incrível Hulk. A roupa abre na hora. Se pensar bem, a roupa na gorda malha mais do que a pessoa. A calça que for malhar com a Marcelina não vai aguentar. Não vai poder ser de lycra, não vai aguentar. Vai ter que malhar com vinil!

Mas vou ter que pegar empréstimo não é só pela mensalidade mais cara não. É por outra coisa. Dá uma olhada nesses nomes do folheto:

Spinning, Fitness, Jogging, Jump, Bike Indoor, Gap, Step, TRX Suspension Training, Leg Press, Transport, Flex Ball, Cross-Core, Walking Dance, Aqua Spinning, Hopping, Pump…

Quer dizer, eu vou ter que matricular Marcelina num curso de inglês, porque com certeza ela não vai saber se comunicar nessa academia. Não vai entender nada e vou gastar dinheiro à toa. Primeira coisa então é pegar dinheiro com Carlos Alberto. Ele com certeza já paga a academia daquela vaca da Soraia. Amanhã ligo cedinho pra ele e digo: "Carlos Alberto, põe Marcelina no seu plano família da academia!"

5.

VAMOS FALAR DE SEXO

EU SINCERAMENTE NÃO SEI por que me entregaram isso na rua. Não pega nem bem eu trazer uma coisa dessas pra casa. Eu peguei e botei no bolso sem nem ver o que era. Porque se eu vejo na hora eu ia tirar satisfações com a mocinha que me entregou. "Tá me entregando papel de loja de consolo por quê? Tá insinuando alguma coisa, sua palhaça?" Porque eu sei que esse pessoal faz curso pra saber pra quem entregar papel. Teve uma época em que passei dificuldade, assim que me separei de Carlos Alberto e não tava preparada pra viver só com aquela miséria de pensão. Eu andava na rua com umas roupinhas velhas, puídas. E tinha sempre esses distribuidores de papel me dando propaganda de empréstimo... Por quê? Porque eu dava sinal de que tava carecida. Eu sabia disso. Mas ia fazer o quê? Bater no menino que tava me dando o papel? É o trabalho dele saber identificar o necessitado e dar o papel.

Mas aí eu comecei a fazer uns serviços e assim que ganhei um dinheirinho comprei uma roupa nova só para passar lá no comércio. Não deu outra. Não me deram sequer uma propaganda pra pobre. Por quê? Porque eu não tava mais com cara de quem tinha que pegar empréstimo. Em compensação, começaram a me encher de papéis de "compro ouro", achando que eu queria me desfazer de joia velha. Quer dizer, a perturbação desses anúncios não termina nunca.

Agora, olha só esse papel da loja de consolo! Deixa eu ver melhor isso aqui. Ih, tô vendo que não vende só vibrador, não. Vende calcinha comestível, algema, chicote. Quer saber? Agora tô duplamente com raiva desse anúncio. Porque só serve pra duas classes de gente em que não me incluo: quem tá precisada ou quem já tem uma pessoa com quem usar essas coisas. Eu tô no meio do caminho. Eu bati na trave. Eu não tenho ninguém pra usar essas merdas de calcinha comestível e nem quero ter. Já passei dessa fase.

Pra falar a verdade, eu nunca soube falar sobre sexo, porque só fui fazer isso depois de casada. Carlos Alberto só me viu nua na noite de núpcias. Se me visse antes, tava arriscado nem casar. Porque ia achar que eu era mulher fácil. Hoje em dia as pessoas fazem sexo como trocam de roupa. Eu na minha época não fazia sexo. Eu fazia amor, que é uma coisa completamente diferente do que se faz hoje. Na minha época não se falava transar. Isso é um termo atual. Eu me guardei pra noite de núpcias. Depois eu vi que se tivesse feito o tal sexo seria muito melhor, né? Porque o amor mesmo já tinha acabado há muito tempo.

Carlos Alberto deve estar transando agora com a Soraia, que tem cara de que não deixa homem quieto. É aquela mulher que sai da academia e quer transar quando chega em casa. Em vez de cansar, sai com mais fogo ainda. É porque é dessas que não têm segurança e fazem de tudo pra deixar o marido exausto e sem condições de pegar outra na rua. E eu fico aqui em casa, vendo novela. Pior que a gente vê novela, vê filme, muda de canal setecentas vezes e só tem isso. Os personagens todos transam, menos a gente, que fica em casa vendo eles transarem.

Cena do filme *Minha mãe é uma peça*, de André Pellenz

Eu fico preocupada é com esses meninos. Porque sexo e relacionamento em geral é tudo muito complicado. Marcelina agora tá superchateada porque ficou com um garotinho na boate e depois ele não ligou pra ela. Falei pra Marcelina: "Seu pai não me liga há quinze anos. Eu que tenho que ligar sempre pra resolver os problemas de vocês! Homem, minha filha, é assim mesmo!" Se um telefonema, que é uma coisa simples, eles não dão... Você tá entendendo? Não dão. Eles são complicados.

Esse negócio de casamento em novela é um ótimo exemplo. Na novela, o autor vai enrolando o telespectador durante a trama inteira. Aí no final os personagens se casam. Acaba a novela ali no casamento, porque se continuar a história fica uma merda. Porque o casamento mesmo é ruim. Só aparece a festa, porque a comemoração é boa.

Outro exemplo bom é aquele Romeu e Julieta. Só eternizou aquilo porque o casal não casou. Não casou de verdade. Porque se tivesse casado mesmo, Julieta provavelmente estaria gorda e Romeu já estaria com outra mulher. Isso é óbvio. Hoje em dia, casal que sobrevive é só aquele do telejornal: William Bonner e Fátima Bernardes. Bonner, aquele tesão. E também tem aquele casal da novela, Glória Menezes e Tarcísio Meira, que é outro tesão. Quer dizer, os tesões estão casados. Só tão soltos os merdas.

E não é só Marcelina que me preocupa, não. Eu fico pensando demais em Juliano. A gente que é mãe sabe dos filhos. Eu sei que aquele ali não vai casar nunca. Quer dizer, tem tanta lei mudando. Uma hora vai ter lei pra casar... vocês sabem o que quero dizer, né? Casar gente igual. Amor entre iguais, que é como fala, né? Mas aí, coitado de

Juliano. Primeiro vai ter que encontrar alguém que goste dele do jeito que ele é. Quem vai querer um rapaz assim, desleixado, que só passa em casa pra comer e dormir? Não arruma nada em casa, não desvira nem um chinelo pra mãe não morrer.

Mas Juliano uma hora vai arrumar alguém. Mãe de gay fica preocupada por causa dos preconceitos que o filho vai sofrer fora de casa. Mas minha preocupação com Juliano é dupla, porque tem a coisa das pessoas preconceituosas e isso de dois homens se casarem. Como é que pode isso de dois homens se casarem, gente? Pra mim o problema desse casamento não é a coisa do sexo, não. O problema é dois homens organizando casa. O gay tem que entender que alguma hora a mulher vai ter que entrar aí. Porque eles sozinhos não vão se entender. Vão ter que entubar uma mulher zanzando dentro de casa. Não vão fazer nada com ela, mas vai ter que estar presente ali. Isso se essa mulher tiver coragem de faxinar a casa deles. Porque é uma residência que vai oferecer risco da faxineira ser sugada pela sujeira. Acha que Valdeia vai lá limpar? Ou a filha de Valdeia? É, porque até lá é a filha de Valdeia que vai assumir os negócios da mãe. Ela não vai querer limpar a casa de Juliano e o esposo. Eu vou ter que ir lá, é óbvio.

Eu não sei mais como é um casamento hoje em dia. Não sei como se sustenta, porque é uma coisa que foi construída na base da mentira. O meu casamento com o Carlos Alberto durou vinte anos, mas teve muita mentira. Ele mentiu já na nossa primeira vez, na lua de mel. No que a gente terminou, eu perguntei se ele tinha gostado, ele falou que sim, virou pro lado e dormiu. Claro que ele não gostou, né? Se ele tivesse gostado, ele tinha ficado acordado a noite toda, porque esperou tanto...

Hoje em dia, gente, casamento não dura mais, não. Com esse negócio de GPS, de celular com foto e tudo o mais, não dura mais mesmo. Porque as mulheres descobrem tudo. O homem mijou fora do penico, a mulher já tá do lado, porque hoje em dia todo mundo tira foto. Aí a pessoa já tá com o divórcio na mão, já tá com tudo no dia seguinte da traição. Por causa do flagrante. O cara que inventou o celular com câmera deu um tiro no próprio pé, né? Porque nem ele agora consegue mentir. Esse cara acabou com o casamento, acabou com a instituição. Ele e aquele outro que criou esse tal do Whatsapp, onde todo mundo fica paquerando.

Cena do filme *Minha mãe é uma peça*, de André Pellenz

6.

Pegando no batente

Gente, eu não vejo Juliano pegar num livro e fico pensando no que vai ser da vida dele. O irmão mais velho tá bem de vida, mas porque estudou. E esse menino? O que vai ser dele? A Marcelina ainda pode arrumar um casamento, se perder 80 quilos. Pensando bem, ela também pode casar sem perder esse peso, mas pelo menos que seja com um cardiologista, porque aí ele vai monitorando a saúde dela. Senão eu vou ficar nervosa.

Mas e Juliano, meu Deus? Tá certo que são novos tempos, ele também pode casar com um homem rico, um ator da Globo com dinheiro. Mas aí ele vai ser o quê? Dono de casa? Como que um rapaz desorganizado vai cuidar de uma casa? Não vai durar um mês o casamento de Juliano. E mesmo que ele tome jeito, dona de casa sofre muito, é uma vida puxada de trabalho que nunca acaba. Eu mesma não sei o que são férias há décadas. A gente briga com as crianças, mas quer o melhor pra elas. Juliano tem que arrumar um emprego, porque homem não nasce pra ser dona de casa, não tem esse talento. Juliano tem que ser alguém na vida, pra poder ter o chiqueiro dele pra morar em paz.

Cena do espetáculo *Minha mãe é uma peça*

Mas se eu não fizer nada por esse menino ele não decola. Vou eu mesma arrumar um emprego pra ele. Tô indo agora comprar um jornal com classificados de empregos. Não é possível que no meio de tanta página não tenha um trabalho pra esse menino. Vou ver se tem algo assim... "Emprego para quem não quer emprego." Porque outro dia eu tentei no Google e não consegui. Dizem que lá você acha tudo, mas botei lá "preciso de emprego pra meu filho Juliano que não quer trabalhar porque é sonso e tô quase dando na cara dele pra eu resolver minha situação porque eu tô nervosa" e apertei "enter". Deu resultado não encontrado. Falam tanto de Google, mas na hora que a gente precisa não resolve.

Vamos ver se vem alguma coisa aqui no jornal então.

BANHISTA c/experiência
Pet Shop Barra da Tijuca.
Comparecer Av. das Américas,
/ Loja C.

Banhista? Banhista pra mim era quem não podia entrar de sunga no elevador social aqui do prédio, quem vinha pingando da praia. Agora banhista é profissão? A pessoa ganha dinheiro dando banho em cachorro em pet shop! Eu podia ficar rica com isso, porque já tive que dar muito banho nessas crianças. E vocês acham que era moleza? Nada! Tinha que segurar que nem bicho, principalmente Juliano, que ficava que nem um gato querendo fugir da água. E Marcelina? Com a experiência que peguei dando banho nessa menina, posso cuidar de um dogue alemão ou um são-bernardo. Ou os dois juntos. Ensaboo um e enxáguo o outro. Posso dar banho até num boi no chuveiro. Mas Juliano não vai ter jeito pra isso, não. Não lava nem o próprio umbigo direito, vai lavar cachorro como?

DANÇARINAS
mulheres, horário comercial, ambiente luxuoso, discreto. Não necessita experiência. Remuneração acima da média! Faça teste s/ compromisso. Tels. ███ 1657 ███ 6969.

FELINAS
Agência com lindas loiras,

Gente, será que é só pra dançar mesmo? Sei não. Quem gosta de dançar gosta de aparecer. Então por que dançar em um ambiente discreto? E sem experiência? Vai dizer que se chegar uma mulher lá dizendo que só sabe dançar Macarena, vão contratar? Isso aí é pra dançar deitada, tenho certeza. Óbvio. Se fosse emprego pra dançarino, eu botava Juliano no negócio. Porque o danado sabe dançar tudo que é coreografia. Mas e se o anúncio não for pra dançarino de teatro, e sim pra aquelas safadezas de dançar tirando a roupa pra mulher? Vai que ele se afeiçoa por uma fã doida, dá uma escorregada e faz um filho nela! Se bem que isso ia parar as perguntas do Carlos Alberto, que já anda desconfiado, me torrando a paciência com perguntas sobre Juliano. Qualquer dia eu viro pra ele e falo: "Carlos Alberto, quer saber? É viado! Cuida da tua vida. Beijo e tchau!" e, desligo o telefone. Bom, mas deixa pra lá. Essa vaga é pra dançarina, mulher mesmo. Vou até esconder esse jornal pra Juliano não se empolgar.

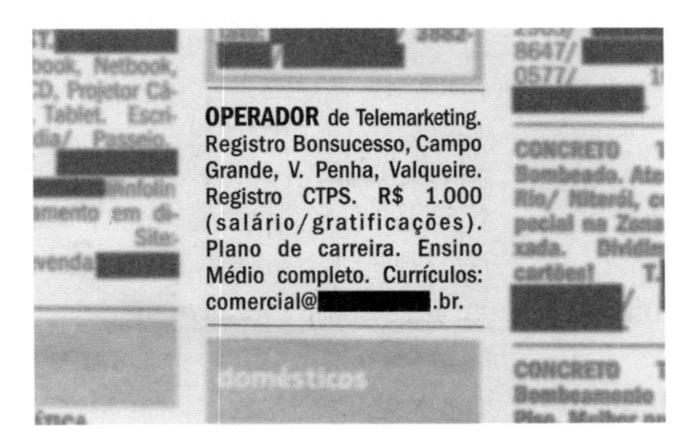

OPERADOR de Telemarketing. Registro Bonsucesso, Campo Grande, V. Penha, Valqueire. Registro CTPS. R$ 1.000 (salário/gratificações). Plano de carreira. Ensino Médio completo. Currículos: comercial@[illegible].br.

Essa profissão aí é uma coisa complexa, porque tem um tipo de operador de telemarketing que eu gosto e outro que eu odeio. O que eu gosto é o que atende quando a gente liga. Já aconteceu de eu ligar para perguntar onde era a assistência técnica da batedeira que quebrou e a mocinha ficar uma hora de papo comigo. Acho que não tava com nada pra fazer, a coitada. Aí ficou me ouvindo falar das coisas aqui de casa, porque nesse dia eu tava pra estourar com essas crianças. Mas o tipo de telemarketing que liga pra tua casa pra tentar te vender coisa eu não suporto! Sempre liga quando eu tô ocupada. Uma amiga minha que tem um filho que trabalhou nisso me disse que o operador de telemarketing só desiste de te convencer a comprar alguma coisa depois que você recusa três vezes. Aí agora quando eles ligam eu corto logo e falo: "Não quero, não quero, não quero!" Aí eles me dão bom-dia e desligam. Só teve um dia que o rapazinho falou "A senhora é uma grossa!" e desligou. Eu quase liguei pra lá pra procurar esse folgado pra dar na cara dele. Mas você sabe que depois que você tem contato com alguém do telemarketing você nunca mais vai falar com a mesma pessoa lá. Se você tá falando com uma Zoraide e cai a ligação, você não encontra essa mulher nunca mais! Eu acho até que eles não dão o nome de verdade pra gente. Tem nome artístico pra telemarketing. Essa minha amiga falou também que quem atende ligação é telemarketing passivo, e o que liga é o ativo. Eu só ia querer ver Juliano sendo passivo. É mais o jeito dele, acho. Não vejo ele tomando iniciativa de ligar pra alguém para tentar vender alguma coisa. Mas, pensando bem, ele não atende um telefonema aqui em casa, deixa tocar e não levanta. Nem pra passivo esse garoto serve.

ANIMADOR e atendente para bar temático na Zona Sul. Salário comissão acima R$ 1.900. Comparecer com currículo após 16h, rua ██████ ██████ nº ███.

Olha, eu não sei aonde a gente vai parar. Quer dizer que a pessoa vai num bar e ninguém sente confiança de que a coisa vai ser realmente animada? Aí precisa ter uma pessoa contratada pra animar você? Se fosse em bar de striptease eu até entenderia, porque você tá lá pra ficar animado de outro jeito. Mas bar temático? Sabe como eu chamo animador em bar? Álcool. Não vou botar Juliano nisso aqui não. Do jeito que ele é desestimulado com trabalho, vão precisar de um animador só pra animar ele a trabalhar.

Esse menino realmente tinha que ser mais ambicioso. Acho que a ambição dele, hoje, é decorar as coreografias daquela cantora que ele ama, a Cebion. Ou Becion, Bion-C, sei lá. Aquela negona linda, mas com nome de remédio, coitada.

Se deixar por ele, nem currículo Juliano faz. Eu vou ter que fazer por ele mesmo. Vou comprar um modelo na papelaria e preencher. E isso é até muito fácil, é só botar o nome no cabeçalho e escrever o telefone, porque ele nunca trabalhou. Só que se eu fizer isso não funciona. Eu vou ter que dar um jeito nesse currículo. Porque mãe sempre dá um jeito.

Tudo que é mãe tinha que fazer o currículo dos filhos. Porque a pessoa que é muito jovem não tem autoconhecimento. Ela não sabe falar o que tem de bom ou o que tem de defeito. Quem melhor que a mãe da gente pra vender o produto, sem propaganda enganosa? A mãe mesmo. Então vou preparar o currículo dele, pedindo ajuda pra uma vizinha aqui que é craque no português e vai me ajudar a botar umas palavras mais difíceis, pra impressionar. Depois entrego em tudo que é escritório que tá precisando de auxiliar administrativo, que é a melhor coisa pra ele. Porque aí Juliano pode tomar gosto nesse ramo e passar a administrar a vida dele. Se aprender a administrar o quarto dele já tá até bom.

CURRICULUM VITAE

NOME: Juliano (chamando apenas Juliano ele atende. O nome completo será fornecido no momento da contratação).

IDADE: 20 (aparenta 24, mas é só impressão).

NATURALIDADE: Niterói (antiga capital do estado do Rio de Janeiro, de onde rapidinho se chega à cidade do Rio se não der problema nas barcas).

OBJETIVO: Ser o diretor-geral da firma, mas começando como auxiliar administrativo com muita humildade.

HABILIDADES: Noções de inglês e espanhol. Noções de português também. Lê bem em um dos três idiomas, mas não é fluente na escrita em nenhum deles.

Em informática, sabe mexer bem no mouse e naquele mouse de dedo do laptop, que é mais difícil de usar. Sabe resolver os problemas da mãe quando ela usa o computador. E quando aparece problema maior, ele sabe conectar amigos que resolvem tudo. Grande habilidade na internet e nas redes sociais, onde passa grande parte da vida. Sabe baixar os melhores programas piratas para o computador e instala jogos muito bem. Sabe datilografar e digitar com mais de um dedo ao mesmo tempo.

QUALIDADES: Educação excepcional, que vai além do segundo grau da escola. Não necessariamente é a universidade que educa além do segundo grau, pois não há educação melhor que a fornecida em casa. Juliano é muito bem-educado pela mãe, recebendo também educação do pai a distância (e em menor grau).

Uma das maiores qualidades de Juliano é saber sobreviver em meio ao caos e à desorganização. Se a firma estiver sem faxina e com tudo desarrumado, Juliano não vai se desesperar e poderá guiar outros funcionários no dia a dia da empresa. E se no meio do caos ele não encontrar alguma coisa, ele vai saber pedir para o gerente ajudar a encontrar.

Em eventos comemorativos da empresa, Juliano pode ficar à frente de eventuais coreografias dançadas pelos empregados.

Outra vantagem do funcionário Juliano será no quesito despesas. Ele levará comida cheirosa e de qualidade feita em casa, fazendo a empresa economizar muito em vale-refeição, algo que não aconteceria se contratassem sua irmã, que iria acabar com os vales na primeira semana. O transporte da refeição será em uma marmita metálica, pois ele é humilde (porém com ambições).

EXPERIÊNCIA: Juliano está guardando sua primeira vez para uma empresa especial, como esta que está recebendo este currículo. Em um mundo superficial, atitudes assim deveriam ser valorizadas, pois não é qualquer pessoa que faz questão de começar com o chefe certo, pensando em uma relação duradoura e feliz.

CONTATO: Todo contato deverá ser feito exclusivamente através da secretária de Juliano, a sra. Hermínia.

Dona Hermínia chega em casa e vê a secretária eletrônica do telefone piscando. Há uma nova mensagem. Ela aciona o aparelho para ouvir a gravação.

"Olá, aqui é dona Vera, secretária da agência de publicidade Salles & Souza Associados."

Dona Hermínia aciona o botão de pausa na secretária eletrônica.

— Ai, meu Deus! Finalmente um lugar se interessou! Distribuí o currículo dele em vários escritórios de direito, administração e até nessa coisa de publicidade. Eu sabia que Juliano ia dar um bom currículo! Prossiga, dona Vera.

Dona Hermínia aperta o play e vai dando pause sempre que quer responder à gravação.

"O recado é para a secretária de Juliano, senhora Hermínia."

— Sou eu mesma! Prazer, dona Vera. Eu sabia que ia dar certo essa coisa de botar uma secretária pro candidato. Impõe um respeito.

"Ficamos muito... curiosos sobre o candidato Juliano."

— Claro que sim! Com um currículo bem-feito desses, tinha que ficar mesmo! Vocês tinham que me contratar junto, até!

"Gostaríamos de conhecer o Juliano, pois estamos à procura de funcionários criativos e irreverentes, inclusive nas vagas menores de nossa agência."

— Ótimo! Eu posso ajudar o Juliano a ser criativo e irreverente. Olha, dona Vera, nós só escolhemos essa vaga menor porque Juliano é humilde, mas tem muita ambição.

"Por favor, dona Hermínia, peça para o senhor Juliano se dirigir ao nosso escritório amanhã, às nove horas, para uma entrevista, portando documentos. Obrigada."

— Obrigada, vocês não vão se arrepender, tchau, foi um prazer falar com a senhora, dona Vera.

Eu mais uma vez salvei Juliano. Quando soube, ele ficou apavorado com a entrevista de emprego. Apavorado e surpreso, porque não estava nem sabendo que tinha currículo dele rodando entre as melhores empresas. Mas com Juliano tem que ser assim, tem que estimular muito mesmo pra ele ir pra frente. Pra ele começar a andar foi assim também. O garoto já estava com quase 2 anos e nada de andar. Só engatinhava. Às vezes, nem isso. Ele se arrastava pela casa. As visitas morriam de rir, mas por dentro eu ficava fervendo de raiva desse menino. Eu não sabia como ia fazer Juliano andar. Até que um dia, do nada, eu passei com uma boneca nova pra Marcelina e ele entrou em desespero querendo o brinquedo. Eu já entendi ali que ele gostava de boneca. O que eu fiz? Não titubeei. Botei a boneca no outro canto da sala e mostrei pra ele. O desespero dele pra pegar a boneca fez com que ele levantasse e andasse.

Então também tinha que ser assim pra ele arrumar emprego, com estímulo meu, com truque mesmo. Mas Juliano não é fácil. Deu um chilique quando leu o currículo que eu fiz. Disse que tava ridículo. Ridículo é ele com aquelas roupas que usa escondido no quarto pra dançar. Acha que eu não sei, que eu não encontro quando vou procurar nas coisas dele pra ver se tem drogas? Ridículos são aqueles collants cor-de-rosa. Já joguei uns três no lixo, mas ele sempre compra de novo. Funciona assim. Eu finjo que não vejo e jogo fora. Ele finge que não sabe que joguei fora e compra outro. Palhaçada.

Aí Juliano disse que não ia na entrevista porque não queria pagar mico falando daquele currículo que eu fiz. Só aceitou quando eu falei que era uma agência de publicidade. Ele falou que o pessoal da agência deve ter ligado achando que o currículo era uma brincadeira de alguém muito criativo. Só por isso ele ia lá conversar, porque tinha chance de ganhar um salário bom nem que fosse por pouco tempo. Besteira de Juliano, sabe de nada. Tá inventando essas coisas.

Aí ele foi pra entrevista. Eu fui junto, claro. Juliano não queria deixar, mas ele pensa que eu não sei ir sem ele saber. Fui seguindo o menino até o local do futuro emprego dele. Ele entrou na sala de espera e fiquei esperando escondida do lado de fora, no corredor, olhando Juliano pela porta de vidro da agência. Quando vi que ele entrou pra sala do chefão lá, toquei a campainha da agência. A moça abriu pra mim e eu me apresentei.

— Sou dona Hermínia, prazer.

— Olá, meu nome é Vera. O que a senhora deseja?

— Ah, dona Vera! A que deixou recado marcando a entrevista! Tudo bem? Sou a secretária de Juliano!

— Ué? Então a senhora existe mesmo?

— Claro que existo! Tá achando que eu sou assombração? Tô usando lençol na cabeça, por acaso?

— Então a dona Hermínia não é uma criação do Juliano?

— Tá maluca? Juliano é que é criação minha! Eu criei esse menino com muita dificuldade, se você quer saber!

Aí fui pra perto da sala do futuro chefe do Juliano e colei o ouvido na porta, pra ouvir a entrevista, lógico. Eu vi que a dona Vera não gostou, mas acho que ela acabou deixando porque achou que a gente era colega. Coisa de secretária pra secretária. Porque naquele momento eu era realmente uma secretária, cuidando dos interesses de Juliano.

E o que eu ouvi não foi nada bom. Juliano estava mentindo em plena entrevista de emprego! Tava dizendo que tinha feito aquele currículo de brincadeira! O chefe ficava dizendo que tinha entendido a tática dele e ria de tudo. Devia estar achando Juliano um idiota! Mas eu não sou boba, não ia deixar o menino estragar tudo que eu preparei pra ele. Abri a porta e entrei no meio da entrevista. Juliano ficou mudo, só o chefe teve reação. Eu fui logo falando:

— Juliano, você tá fazendo merda! Deixa eu te ajudar.

— Quem é a senhora?

— Sou dona Hermínia, mãe de... quer dizer, secretária de Juliano. Tô vendo que ele tá sendo idiota já logo no início. Então eu vim aqui propor, se o senhor me permitir, de vir com ele nas três primeiras semanas de trabalho dele. Ajudo ele aqui na agência até ele deixar de ser um imbecil e dar prosseguimento aos trabalhos sozinho. Porque eu preciso que ele saia de casa.

— Como assim "precisa que ele saia de casa"? A senhora não é secretária dele?

— Sou secretária, mãe... enfim, faço de tudo. Porque mãe não deixa de ser secretária, e secretária não deixa de ser mãe, né? Não vou discutir sobre isso com o senhor porque não sou grossa. E isso não te interessa. Para de me enrolar e vamos ao que interessa. O senhor dá esse emprego pra ele, pra ele sair de casa?

Olha, funcionou que foi uma beleza. Na mesma hora o chefe parou de ficar rindo das bobeiras do Juliano. Ficou sério. Aí falou que a gente já podia ir embora. Quer dizer, nem precisou Juliano falar mais nada. E o melhor foi a frase que o chefe do Juliano usou para se despedir. Falou "a gente entra em contato". Gente, e quem é que pode deixar de acreditar em um chefe de agência de publicidade?

Só acho que estão demorando a entrar em contato. Devem estar esperando virar o ano. É, já passou a virada do ano, mas em firma é diferente. Tem um tal de ano fiscal que começa em outro mês. É tipo calendário judeu, calendário chinês, que começa em outro mês. Firma globalizada é assim mesmo, tem ano diferente.

7.

Guia de viagem de dona Hermínia

ACABEI DE VER AQUELE filme *Comer, rezar, amar*, gente. Peguei em DVD. É lindo, o filme. Eu gosto dessa Julia Roberts, tá? Pra mim, Hollywood não é nada sem ela. Mas a história desse filme complica as coisas um pouco. A trama é que ela sai de Nova York pra comer, rezar e amar em outros lugares. Como se Nova York não tivesse comida, igreja e homem, né? Quer dizer, complicou à toa. Ela pega um avião e vai pra Itália, onde come que nem uma vaca. Depois da Itália, pega um avião pra Índia, pra tentar resolver a coisa da espiritualidade. Depois da Índia, vai pra Bali e não faz nada lá! Foi só pra ter a coisa do amar, que tá no título. Aí resolve essa necessidade em Bali, quer dizer... Complicado demais. Desnecessário.

Não sei, mas eu acho que resolveria as coisas de outra forma. De repente ela pegaria um voo pra Bahia. Em Salvador, comia um abará, um acarajé, um negócio desses, que aí já resolvia a coisa da comida. Aí o próprio negão que fez o acarajé com certeza já é um pai de santo, porque lá todo mundo é pai de santo. Não tem um que não seja. Ele já levava ela pra um terreiro e resolvia a coisa da espiritualidade. Aí, já que tá zanzando com o negão pra cima e pra baixo, já dava logo pra esse negão, que aí resolvia a coisa do amar. Quer dizer, saía uma viagem mais barata e, de repente, já resolvia essa história toda. Então, gostei do filme. Eu gosto dessa garotada, mas eles não têm visão, entende?

Cena do espetáculo *Minha mãe é uma peça*

Eu mesma queria viajar muito mais. Mas como? Quem é que vai cuidar das crianças? Eu queria fazer que nem num filme que eu vi ainda criança, *Volta ao mundo em*

80 dias. Mas se eu viajo e fico fora cinco dias é o suficiente pra Juliano e Marcelina morrerem de fome. Quando acabar a comida, vão comer o quê? Vão comer biscoito. Quando acabar o biscoito, aí é que vão partir pra fruta, porque é o que fica por último lá em casa quando eles vão comer. Quando acabar a fruta, Marcelina vai atacar o quê? Calçados! Porque se deixar, essa garota come os tênis. Se fosse sapato de couro, ela não comia. Porque couro é natural. Mas tênis é de plástico e ela adora comer porcaria. Ainda assim, vai acabar rápido. Marcelina só tem um par de tênis, porque eu não dou moleza pra ela. Se comer, fica sem. Vai andar faminta e descalça pelas ruas. Conclusão: eu vou arrumar um problema pra mim mesma.

Então eu só faço viagem curta, que não passa de cinco dias. E também é barato, em pacote econômico de agência de turismo, que pega três países em cinco dias e eu pago em mais de um ano. Acaba que vira volta ao mundo em oitenta prestações. Volta ao mundo mais ou menos, né? Eu fiz um pacote de Londres, França e Lisboa, e outro para Nova York. Então não rodei o mundo todo. Mas quem vem ao Rio vai só ao Pão de Açúcar, Cristo Redentor e Copacabana e volta dizendo que conheceu o Brasil. Então eu dei volta ao mundo já, comparativamente.

Quando fui me preparar, vi que só tem guia de viagem pra rico. Falta um guia de viagem pra essa classe que ganhou poder aquisitivo agora. Essa gente que comprou carro pra sair mais tarde de casa pro trabalho, mas que ficou decepcionada quando viu que não dava pra viajar pra Europa com esse carro, porque tem um oceano entre a avenida Brasil e a Europa. Eu tenho umas dicas pra dar pra esse povo:

Dica 1 – Idioma

As pessoas ficam com medo de não saber se virar no estrangeiro sem falar outra língua. Besteira. Eu já fui a quatro países e me virei muito bem só com o português. Tá certo que um dos países era Portugal, que fala praticamente a nossa língua. Mas a verdade é que ninguém morre de fome por falta de idioma local.

Pra comer, é só escolher restaurante que tem cardápio com foto. Você vê muito disso na Europa. Chega no restaurante e olha o cardápio. Se não tiver foto, é só fazer cara feia, botar o polegar pra baixo e sair. Vão achar que você leu e não gostou das opções. Mas se tiver foto dos pratos, é ali que você vai ficar. Só teve uma vez, na França, que eu estava com muita fome, tudo que é restaurante já estava fechando, e achei melhor não arriscar saindo de lá quando vi que não tinha cardápio com foto. O que eu fiz? Fiquei sentada olhando as mesas próximas. Quando eu gostava de uma coisa, chamava o garçom (que é uma palavra que eu conheço em francês, aliás), e apontava para a comida da mesa. Os outros clientes faziam cara feia quando eu apontava pros pratos, mas o garçom entendia e trazia a comida. Só não dá pra identificar direito o molho dos pratos e o garçom não consegue te explicar o que é. Mas aí você tem que ter cabeça aberta e comer o molho que vier.

Uma vez tive que fazer algo diferente. Foi em Londres, quando entrei em um restaurante que não tinha cardápio com foto. Eu tinha que comer ali mesmo, porque estava apertada e queria usar o banheiro. Eu não acho elegante usar o banheiro do local e sair pra comer em outro. Porque eu não vou cometer grosseria com o restaurante. Aí fiquei lá mesmo. Além do cardápio não ter foto, quando eu apontei pro prato da mesa do lado o garçom ficou repetindo uma coisa pra mim que eu não entendia. Aí, no desespero, eu falei alto: "Me chama um brasileiro aí."

E não é que tinha um brasileiro lá trabalhando na cozinha? É estatística, em qualquer lugar do mundo tem sempre alguém do Brasil por perto. Brasileiro é igual a *gremlin*, é que nem virose, vai espalhando. E, geralmente, quando encontro algum, é de Niterói. Você vai na Rússia e tem alguém de Niterói lá, com certeza. E lá fora, eles se cumprimentam. Aqui mesmo, em Icaraí, nem olham na cara. Mas se esbarra na Rússia dá até oi.

Bom, mas aí o brasileiro foi lá na mesa e me explicou que o garçom estava dizendo que o restaurante não tinha mais do prato que eu tinha apontado. Não teve problema, porque o brasileiro me indicou outra comida e foi ótimo.

Se você quer ir pra um lugar que não conhece, é muito fácil também. Pega um papel e escreve o endereço. Aí para alguém na rua e mostra o papel. A pessoa entende. Aí ela te explica fazendo mímica. A linguagem é universal, gente. E tem uma coisa importante nesse método. Você tem que parar uma pessoa legal. Você saca quando a pessoa é legal pelo jeito dela te olhar. Fez contato visual contigo, não fez cara feia, é ela que você vai abordar pra dar o papel com endereço. Olhou no olho, tá querendo ajudar. A pessoa pode até não saber, mas tá querendo.

Em Portugal, você se vira muito mais facilmente, é óbvio. Mas eles falam muito rápido lá, você tem que pedir pra falarem mais devagar. Eles também acham que a gente fala rápido, mas agora que estão vendo tudo que é novela brasileira já estão ficando craques em falar como a gente. Então é uma maravilha, pode falar à vontade.

Só tem que tomar cuidado com as palavras que são diferentes aqui e lá. Eu já fui pra lá alertada pra isso. Já tinha a cultura pra saber que "um puto entrar na bicha pra levar pica no cu" é apenas "um menino entrando na fila pra levar injeção na bunda". Mas lá aprendi muito mais. O moço do hotel falou para eu ter cuidado ao usar o "autoclismo do retrete" no meu apartamento, porque era muito sensível. Eu fiquei quieta, fingi que tinha entendido, porque não queria passar a impressão de que brasileiro é burro. Vai que por minha causa começam a fazer piada de brasileiro lá em Portugal!

Bom, eu tive que usar o banheiro, apertei a descarga do vaso com força demais e o negócio quebrou. Chamei o funcionário e ele falou que tinha me avisado sobre o "autoclismo do retrete". Aí eu confessei que não sabia sobre o que ele tava dizendo. O rapaz apontou pra descarga e falou: "autoclismo!" Depois apontou pro vaso e disse: "retrete!" Aí eu apontei pra dentro do vaso e perguntei: "E isso aí, como vocês chamam?" Ele disse: "É merda mesmo." Eu não gostei e falei: "Merda é esse jeito de vocês falarem!" Tá achando o quê? Funcionário incompetente. Já devia saber que brasileiro fala essas palavras de outra forma e fez de sacanagem! Falar de forma diferente, não. De forma evoluída. É, porque se o nosso jeito surgiu depois do deles, então é uma evolução do português. Eles têm que correr atrás e falar que nem a gente. Vai ver novela pra aprender a falar, merda!

Dica 2 – Comportamento

As pessoas falam que o europeu é muito fechado, metido e antipático. Mas não é bem isso. O problema é o jeito do brasileiro. A gente aqui senta perto de alguém de outra mesa e se a pessoa te olha você abre um sorriso, como se fosse amigo. Lá fora não tem disso, porque eles são educados, não se metem na vida dos outros. Brasileiro é invasivo. Daí o choque com o gringo, que é na dele.

E brasileiro não fica só no sorrisão, não. Tem a coisa do contato também. Em Londres eu telefonei pra uma amiga que tava morando lá, a Jussara, e combinamos de sair. Ela levou uma colega de trabalho com a gente. Quando Jussara me apresentou a Betty, eu dei dois beijinhos no rosto dela. Vi que ela ficou meio estranha e Jussara me falou que a gringa não dava dois beijinhos. Aí falei: "Ah, já sei! São três que nem em Minas!" Aí tasquei mais um beijo na Betty. Pra quê? A mulher me evitou a noite toda. Ah, eu não deixo barato, não gosto de gente me olhando feio. Aí usei Jussara como intérprete e fui pedindo pra ela traduzir o que eu dizia, e ela respondia pra mim.

— Escuta aqui, ô inglesa! Por que você tá se afastando toda vez que chego perto?

— Não, não estou fazendo isso.

— Tá sim, que eu não sou boba. Que foi, tô fedendo?

— Não! Eu sei que é impossível vocês brasileiros federem com a quantidade de banho que vocês tomam!

— Agora tá implicando com a quantidade de banho que eu tomo, é? E você que não toma banho nenhum? Vocês ingleses que tinham que tomar mais banho pra tirar esse suor encardido do corpo e esses dentes podres que vocês não tratam.

Jussara nem quis traduzir essa última parte pra gringa. Acho que foi até melhor. Minha amiga só pediu pra Betty dizer porque não estava querendo ficar junto de mim. A gringa sofreu pra dizer, mas acabou falando. Deve ter sido uma dor maior que o parto pra ela ser sincera sem medo de ofender, porque inglês tem um medo danado de falar algo constrangedor pra pessoa.

— É que eu sou heterossexual, Hermínia. Não quero corresponder ao seu assédio.

— O quê?!!! Eu não sou sapatão! *I'm not big tennis*!!!

É, falei em português e inglês logo, pra não deixar dúvidas. E ainda pedi pra ela se explicar.

— É que você me encheu de beijo quando me viu!

— Mas você não sabia que a gente se cumprimenta com beijo no Brasil? Jussara não falou?

— Mas três eu nunca tinha visto!

— E daí? Se fossem quatro beijos então a gente tinha feito sexo? Com cinco eu tinha te engravidado? Eu, hein! Que frescura!

— E você também me abraçou.

— Quando?

— Quando você pediu para o garçom tirar uma foto nossa.

— E onde já se viu tirar uma foto de duas pessoas separadas?!!! Tem que juntar!

Aí Jussara explicou que essa coisa de se apertar pra sair juntinho na foto era uma coisa de brasileiro. Gringo sai na foto menos coladinho. Achei que foram só esses os problemas, mas tinha mais. A gringa agora tava desabafando tudo.

— E você também bebeu do meu copo.

— E daí? Além de gringa é zura? É mão de vaca? Quer que eu te pague o gole que eu bebi do teu copo? Eu, hein! Se eu tivesse visto esse dente seu não tinha nem pegado um gole, ridícula.

Mais uma vez Jussara foi sábia em não traduzir o que falei. Ela explicou que beber do copo de outra pessoa era uma coisa muito íntima. Ninguém divide bebida lá, ainda mais de um estranho. Foi aí que eu aprendi que a gente tem que respeitar a cultura dos outros. Não só pra não aborrecer o outro, mas pra não acharem que você joga em outro time. Vai que a Betty era sapatão e me agarrava lá mesmo na mesa? Olha aí o incidente internacional que ia ser!

Pedi desculpa pelo meu comportamento e passei a noite falando dos meus filhos, pra ela ter certeza que eu já fui casada e que gostava de homem, só pra não assustar. Na hora de ir embora, eu fui no carro de Jussara pro meu hotel. A casa de Betty era caminho, mas eu soube que estrangeiro também não é de oferecer carona, ainda mais pra quem acabou de conhecer. Então fiz questão de não deixar Jussara oferecer carona. A gringa que pegasse um táxi. Tem que respeitar a cultura dela, né?

Cena do filme *Minha mãe é uma peça*, de André Pellenz

Dica 3 – Compras

Não faça. Eu não compro nada porque não sou consumista. E eu não tenho dinheiro pra comprar. O que eu gastei de passagem e de hotel já foi a grana quase toda, né? Tem tanta coisa interessante pra você fazer nessas cidades e você vai perder tempo fazendo compras? Não sou mulher de andar em shopping, gastar dinheiro pra mim não é diversão. Não sei de onde meus filhos tiraram isso de gostar de torrar dinheiro. Fugiram da característica da família, infelizmente.

Eu vi outros brasileiros em Nova York e fiquei com vergonha. Parece que só foram lá pra ver a Estátua da Liberdade e gastar dinheiro em loja, e não tô dizendo que é nessa ordem. Eles compram tanta roupa que parece até que vão revender aqui, parece tudo sacoleiro. Eu fico envergonhada dessa atitude porque parece até que não existe roupa aqui no Brasil pra gente poder comprar. Porque gringo fica vendo as fotos de brasileiro tudo sem roupa na praia ou no Carnaval e quando a gente chega lá fica que nem doido querendo comprar roupa. Qual a conclusão que o americano vai ter? Que não tem roupa aqui, óbvio.

Eu tenho outro motivo pra não comprar muita roupa nos Estados Unidos. Eu não quero ficar perguntando pra vendedor o que é que está escrito nas estampas das camisetas. No primeiro dia que eu fui lá, acabei comprando umazinha, só para não dizer que não gastei nada. Foi até muito barata. Era com um desenho de uma lata de tomate, escrito um negócio que eu nem quis saber o significado. Comecei a andar com a camiseta com a lata e algumas pessoas olhavam e davam um risinho. Aí quando cheguei no hotel falei com um funcionário lá que era brasileiro. Perguntei o que tava escrito na camiseta. Ele falou: "Eat me, I'm fresh." "Tá, mas o que isso quer dizer, rapaz?" "Me coma, tô fresquinha." Eu subi correndo, tirei a camisa e joguei fora. Não é que eu tenha assim um problema com a parte do "me coma". Foi mais pelo "tô fresquinha", porque não gosto de propaganda enganosa. Sei que já tô meio passada. E quem não estaria, do jeito que sofro por essas crianças?

Dica 4 — Lisboa

É um lugar maravilhoso. É um Brasil melhorado. A gente vê Lisboa e acaba ficando com raiva do português, que veio pro Brasil e não trouxe o melhor, deixou lá mesmo. O melhor é o respeito do povo e a violência zero. A crise tá difícil lá? Tá difícil. Mas nem por isso eles saem te assaltando na rua.

E eu tenho certeza de que se eles de repente acharem que precisam assaltar vão fazer diferente. Vão ser educados. Aqui no Brasil o bandido chega falando: "Perdeu, minha tia!" Um dia fui assaltada assim, com um ladrãozinho com uma faca falando essa frase. Mas na hora que o ladrãozinho virou pra fugir deu de cara com um policial que tava por ali. O rapaz se assustou, tropeçou, caiu no chão e o policial conseguiu pegar ele. Se o ladrão não caísse, o policial não pegava, não, porque eu acho que barriga atrapalha muito uma pessoa a correr. Mas não vou ficar aqui especulando.

O importante é que o bandidinho foi preso. Fui correndo pro camburão. Primeiro pra falar pro policial que eu tinha idade pra ser mãe do menino e pra ele não fazer nada com ele. Segundo, pra falar umas verdades pro garoto:

— Escuta aqui, seu moleque! Que história é essa de "perdeu"? Perdi o quê? Você é que perdeu! Perdeu sua educação! Não tem mãe, não? Não ter pai eu entendo, porque com meus filhos é como se não tivessem, porque Carlos Alberto não ajuda em nada, não cuida, deixa tudo pra mim. Mas você não pode sair assaltando por aí assim, não! Se tua mãe vê isso morre de desgosto! Você tá me entendendo?

Esse ladrão era muito folgado, porque não me deixou terminar, ficou pedindo pra polícia levar ele logo. Eu duvido que isso aconteceria em Lisboa, porque lá o povo é educado. Eu tenho certeza que se um ladrão lá viesse me roubar seria educadíssimo, iria usar um português impecável. Seria assim: "Minha senhora, por obséquio, eu poderia levar a sua bolsa? Caso contrário, encontrando resistência, posso me ver na obrigação de cometer algum ato desagradável, como uma violência física. Ou mesmo praticar uma ação com artefato de fogo que possa levá-la a óbito."

Outra coisa maravilhosa de Lisboa é que você anda na rua e vê monumentos de séculos atrás, todos preservados, enquanto no Brasil é tudo esculhambado. Esses caras no Brasil tinham que ser presos, tinha que prender todo mundo no Brasil que não preserva as coisas. Chega pro governante brasileiro e pergunta: "Você já preservou alguma coisa? Não? Então tá preso!" Só assim.

Mas tudo tem um lado negativo. Os restaurantes de Lisboa têm uma regra horrível. A sobremesa tem que ser pedida na mesma hora que você pede o prato. Perguntei por que, e eles explicaram que as sobremesas são tão boas e frescas que levam uns 15 minutos para ser preparadas. Aí, para o cliente não ficar esperando tanto tempo, eles querem que a gente escolha antes. Gente, como eu vou saber se vai ter lugar na barriga para comer a sobremesa depois do almoço? E se eu escolher uma comida no prato principal que vem com abacaxi? O abacaxi já pode ser a sobremesa se eu deixar pro fim. Aí pode ser que eu não sinta que precise pedir algo depois! Eu hein! Que palhaçada!

Eu acho que eles não querem ficar com a mesa ocupada por alguém que vai pagar só mais um pouquinho, só pela sobremesa. Não querem perder tempo pra liberar logo a mesa e vir outro cliente pedir um prato. Porque português pode ser bonzinho, mas a gente não pode esquecer que eles gostam de dinheiro. Vieram pro Brasil e levaram madeira, ouro, prata, mulata e tudo o mais que tinha de bom aqui. No dia que resolverem pegar tudo que é ator e escritor de novela e levarem pra lá, eu não vejo alternativa pro Brasil que não seja declarar guerra. Nossas novelas eles não podem levar, isso eu não deixo.

DICA 5 – PARIS

Paris é outra maravilha. Foi a cidade que mais me tocou. Talvez porque minha bisavó fosse francesa. Ela era do lado mais civilizado da família. Porque minha família sempre teve dois lados. O lado de mamãe, aqui mesmo do Brasil, que tinha as mulheres de personalidade muito marcante, que foi o lado que eu puxei. Nessa parte da família, as mulheres sempre foram mais fortes que os homens. Mandavam neles, mesmo. Já o lado de papai vinha da França e tinha as mulheres muito educadas, mas meio bobas, que viam os maridos traindo e não faziam nada. Acho que não pegava bem reclamar de marido e rodar a baiana. Só pode ser isso.

O que eu acho que aconteceu comigo é que, quando eu fui pra Paris, me despertou o lado da minha bisavó, e eu fiquei boba lá. Se eu tivesse passado a lua de mel com Carlos Alberto em Paris, eu não tinha me separado. Porque eu ia começar o casamento boba e isso ia consolidar, você tá me entendendo? Porque eu fiquei boba lá, fiquei mansa. Não tem explicação isso, é coisa de genética. Graças a Deus eu não levei Juliano e Marcelina pra Paris, senão eles iam montar em mim, com certeza. Eu não sou eu em Paris, sou minha bisavó.

A recepção aos brasileiros também é ótima lá. Eu não sei se é por causa da crise na Europa, mas eles estão bem simpáticos com os brasileiros. Eu entrei num táxi com uma colega de pacote, que eu conheci na viagem, e falei logo que a gente era brasileiro, pra ele já saber que não falamos francês. Aí o motorista começou a falar: "Brasil! Roberto Carlos! Roberto Carlos!" Minha colega falou: "Nossa, como esse homem é conhecido! Até na França gostam dele! A música realmente rompe fronteiras!" Aí eu disse: "Deixa de ser boba, menina! Ele tá falando é do Roberto Carlos jogador de futebol! Os franceses gostam do Roberto Carlos porque ele entregou a Copa pra eles!" Se eu não estivesse com o lado bobo da minha bisavó despertado, tinha falado umas verdades pro motorista de táxi sobre o nosso futebol ser muito melhor que o deles. Se bem que depois dos 7 a 1 da Alemanha na Copa, eu já não defendo mesmo.

Dica 6 — Londres

Odiei. Não gostei de nada. E choveu o tempo todo. No táxi, assim que falei que era brasileira, o motorista apertou um botão e subiu uma barreira de vidro entre ele e o banco de trás. A única pessoa com quem tive um contato melhor lá foi um brasileiro que trabalhava na cozinha do restaurante e veio me ajudar a falar com o garçom. Adorei ele. Fiz até uma foto com o rapaz. Eu falei que ia publicar a foto no Feice e dizer: "Conheci um brasileiro ótimo em Londres. Pensei até em apresentá-lo ao meu filho." Ele ficou surpreso.

— Mas por que pro seu filho?

— Porque ele é o máximo. Vocês vão ter tudo a ver. Dariam um ótimo casal.

— Mas eu não sou gay!

— Você é, sim! Eu tenho olhar afiado pra isso.

— Tá bom, confesso. Sou gay. Mas como você sabe?

— Não nasci, ontem não, meu filho. Eu sei quem é gay no olhômetro!

— Tá certo, mas não põe isso no Facebook, não! Meus pais não sabem!

Coitado, ele acha que a mãe dele não sabe. Eu fiquei quieta, mas a mãe sabe dessas coisas. A gente só não comenta, mas a gente percebe no olhar, no jeito de falar. Tem jeito, não.

Aí você vai me perguntar se eu não achei Londres uma cidade bonita. Olha, nem tanto. Tudo que eles têm de turístico lá a gente tem no Rio. O tal do Big Ben, o que é? Um relógio. Central do Brasil também tem um relógio enorme. Aí tem uma roda-gigante no meio da cidade, a tal da

London Eye. Gente, roda-gigante é coisa pra parque de diversão. O Rio tinha uma no Tivoli Park, e a gente nem quis preservar, deixou desmontar, ninguém ligou. E tem uma ponte, a Tower Bridge. Gente, a ponte Rio–Niterói é muito mais longa. E muito mais segura, porque a de Londres abre no meio, pode causar um acidente a qualquer momento.

Dizem também que o povo inglês é educado. É verdade? É verdade. Mas o português também é. Então eu prefiro quem é educado na minha língua, que eu entendo. O que adianta ser educado e eu não entender nada? Achei Londres péssima, nunca mais volto. A não ser que seja pra apresentar Juliano pro brasileiro do restaurante, porque quero que ele seja feliz. E ainda como de graça lá.

Dica 7 – Nova York

Nova York pra mim é ruim. É pra gente jovem, com saúde. Qual a graça de lá? É ficar andando naquela Quinta Avenida pra cima e pra baixo. Ou então ficar catando lugar pra comprar coisa barata. Eu não tenho saúde pra ficar andando pra cima e pra baixo. Tenho varizes, artrite, tendinite, joanete, tenho tudo. Aí sobra o quê? Museu. Museu pra mim é ruim. Lá em casa, os móveis são velhos, os mesmos da época de Carlos Alberto. Então lá em casa já é um museu. Museu não tem graça, não tem surpresa. Aí mandaram eu ir pro Central Park. Podre. Central Park pra mim é podre. Porque pra mim, que nasci em Niterói, Piratininga, qual é a graça daquilo? Aquilo é pra gente que nasceu naquela selva de pedra. Aí eles veem uma árvore e choram. Eu sou muito mais a samambaia lá de casa.

Também não vi graça na Estátua da Liberdade. Eu acho tudo falso nela. Ainda mais quando a gente compara com o Cristo Redentor. Eu tava lendo que a altura das duas estátuas é quase a mesma, mas a americana tenta parecer mais alta levantando o braço. Só por isso que ela fica maior que o Cristo. Quer aparecer, óbvio. E ela nem é americana! Foi feita na França! E representa uma deusa romana! O Cristo, não! Ele foi feito no Brasil mesmo! Tá certo que Cristo não nasceu no Brasil. Mas o pai dele é daqui, então Cristo tem dupla cidadania. Ou seja, a estátua símbolo do Brasil é muito mais autêntica que a dos Estados Unidos. Então por que eu iria ligar pra Nova York?

Acervo pessoal de Paulo Gustavo

8.

Bebida (nada) liberada

— Alô?

— Carlos Alberto, tô te ligando pelo seguinte: Marcelina todo dia agora está chegando bêbada em casa, hein!

— Oi, Hermínia. Boa tarde pra você também.

— Carlos Alberto, não disfarça. Acho melhor você dar uma solução pra esse problema.

— Qual o problema dela beber? Vai ver tem algo pra aturar em casa...

— Qual o problema dela beber? Você não acha que tem problema porque você bebe. Você bebe, sua mãe bebe, tudo mundo bebe.

— Que minha mãe bebe o quê, Hermínia!

— Sua mãe bebe também! Palhaça! Vivia aqui em casa, a pinguça. Bebia tudo e derrubava essa casa inteira.

— É impressionante a sua capacidade de aumentar as coisas, Hermínia. Você não tem respeito nem pela minha mãe.

— Carlos Alberto, não muda de assunto. Você pode tratar de ir atrás de Marcelina, hein! Porque ela tá bebendo sabe o quê? Vodca.

— Qual o problema da vodca?

— O problema é que ela começou direto com vodca. Não começou nem com cerveja. Com o tamanho que ela tá de gorda, cerveja pode até encharcar ela sem problema, porque ela não fica bêbada. Mas ela partiu logo pra vodca! E tem vodca cara e tem vodca barata. Ela bebe a barata. De 15 centavos. Chega aqui trêbada.

— Aposto que isso aconteceu uma vez só. Todo jovem tem o direito de tomar um porre de vez em quando, Hermínia. Ela vai ter que saber conviver com porre, que nem eu tive. Eu me separei e você continua um porre.

— Eu vou fingir que não ouvi isso, tá entendendo, Carlos Alberto? Porque as suas ofensas são um mecanismo de fuga. Eu estudei isso. O que importa mesmo é que outro dia deixei metade de um pudim pra comer, cheguei no dia seguinte e Marcelina já tinha comido. Essa ridícula. Comeu tudo porque tava bêbada, aposto. Precisava de glicose. O sangue dela gritou pela glicose. Você vai atrás dela, hein, Carlos Alberto!

— Mas por que que eu tenho que ir atrás dela, Hermínia? Pelo amor de Deus!

— Porque ela tá pinguça! Tá andando com uma tal da Natasha, agora. Uma vodca Natasha. Todo dia as duas juntas. Eu não sou obrigada a aturar essas crianças sozinha, não. Isso aqui não é filha de chocadeira, não! Resolve isso!

— Tá bom, Hermínia. Eu vou chamar ela pra conversar num bar.

— Seu sonso. Vou desligar na sua cara.

Desgraçado, desligou antes. Ah, não vou discutir com ele não. Tô nervosa, vou até tomar um uísque. Será que tem uísque? Marcelina já deve ter tomado tudo. Vou chamar essa menina pra uma conversa séria agora mesmo.

— Marcelina! Marcelina!

— Que foi, mãe?

— Tenho que ter uma conversa séria contigo. Você tá virando pinguça. Eu quero saber quem te botou nessa vida. Foi teu irmão Juliano?

— Que tô pinguça o quê, mãe! Eu nem sei beber. Bebo um pouco de nada e passo mal.

— Então é mais grave do que eu pensava. Você tá com aquela doença de consumir as coisas e vomitar pra ficar magra.

— Que isso, mãe!

— Você não me esconda as coisas, Marcelina. Você tá enchendo a cara pra passar mal e vomitar a comida. Mas do jeito que tá gorda, vai precisar beber tanto que vai viciar. Vai ficar pinguça, mesmo! Pinguça de vodca!

— Que absurdo, mãe! Só bebi vodca uma vez. E eu nem bebo em casa. Tô só tomando chope em barzinho.

— Tá bom. Vou acreditar que foi só uma vez. Mas vou ficar de olho, Marcelina. Se eu te pegar com vodca de novo, eu jogo no chão e risco um fósforo. Prefiro incendiar a casa do que te ver de fogo.

— Ah, mãe! Você tá maluca! Vai botar fogo na casa? Parece que você que tá bebendo! Fui!

— Marcelina, volta aqui! Não vai beber não, pinguça! Pinguça!!

Tem que ser assim mesmo, tem que chamar de pinguça pra ver se assusta. É pra pegar aversão do apelido. Psicologia é isso. Sei o que faço. Com essas crianças não tem outro jeito, não! Cadê meu uísque?

Cena do espetáculo *Minha mãe é uma peça*

9.

Famosos quem?

Eu não aguento essas revistas. A gente compra que é pra gente poder dar uma folheada e relaxar, mas acaba ficando mais irritada ainda. Olha isso aqui, por exemplo:

"No ar em horário nobre, Regiana diz que está na melhor fase de sua vida." Todas elas estão na melhor fase da vida. Ninguém vai pra revista falar que tá na merda. Tá entendendo? Nego só vai porque tá no auge. É óbvio.

Outra matéria que me irrita aqui, ó: "Após fim de romance com Reginaldo Esteves, Daniela Bittencourt vai para Paris curtir férias." Ah, gente! Pelo amor de Deus, né? Quando eu terminei com Carlos Alberto, o único lugar aonde eu consegui ir foi a farmácia, porque eu tava desesperada. Tá entendendo? Tá errado! A garota tira uma foto ridícula nesse rio Sena, que é pra foto ficar boa... Ela deve estar aos prantos lá em Paris, tenho certeza. Ela não tá feliz. É uma palhaçada isso aqui.

Outra coisa que me irrita em famoso é tatuagem. As mulheres fazem uma tatuagem enorme com o rosto ou o nome do namorado! Passam mais tempo fazendo tatuagem do que namorando com o rapaz. Ela dá um beijo na boca do cara e tatua ele no ombro. Pra que isso, gente? Palhaçada.

Aí essas famosas têm filho e não cuidam. Tão sempre na foto, a mãe, a criança e a babá do lado. A moça de branco, que nem enfermeira, parece assombração. Assim é mole ser mãe. Quero ver ser mãe do jeito que eu sou, sem babá, sem nada, botando essas crianças pra correr aqui dentro de casa. Ah, eu hein! Vai lavar uma louça.

E nem nome de filho esse povo famoso sabe dar. É só nome maluco. Parece que quer que nasça já com nome artístico. Pra quê? Sabe se vai ser artista também? Não sabe! E se bobear, se virar artista, que a gente não sabe se vai virar mesmo, vai mudar de nome. Muda que eu sei. Quer dizer, não muda totalmente. Mas dá aquelas mudadas bobas que o numerólogo manda. Dobra uma letra, troca "c" por "k". Bota "y" onde tem "i". Se eu fosse ao numerólogo e ele me mandasse virar Hermínia sem "h" e com "y" no lugar de "i", Ermynia, eu mandava ele tomar naquele lugar. Vai tomar naquele lugar com "k" no lugar de "c". Onde já se viu tirar meu "i" e botar "y"? Meu "i" não é qualquer coisa, não. Tem acento.

Aliás, eu não sei o que tá acontecendo com os acentos. As mães agora tão cortando acento dos filhos. Tá cheio de "Julia", "Claudia" e "Sergio" na certidão de nascimento. Depois reclamam que os filhos não aprendem a escrever direito. Mas é claro! Já confundem a criança no próprio nome!

E o pior é que os adultos tão escondendo acento do próprio nome. Outro dia eu fui anotar o telefone de uma manicure e perguntei: "O seu Cláudia é com acento, né?" Aí ela respondeu que não. Aí depois eu vi num caderninho na recepção do salão o nome dela com acento. Sabe o que é isso? Globalização.

Isso é gente querendo dizer que tem nome internacional, sem acento. A pessoa acha que só porque o nome dela não tem acento no e-mail também tem que perder na vida real. Não pode isso! Acento é força. Eu li isso em uma reportagem de psicologia. Vai tirar minha força? Você acha que não preciso de força pra fazer tudo nessa casa? Acento é vigor físico. Eu li isso, estudei, tá achando o quê?

Olha essa outra matéria aqui! Menina jovem já se mostrando na revista. Ela faz o quê? Eu não conheço essa menina, por que tiraram a foto dela? Atriz de teatro. Deve ter subornado alguém pra tirar a foto dela. Aí essa menina nova de teatro aparece na revista e influencia Marcelina. Deve ser daí que minha filha tá tirando essas histórias de fazer teatro.

Já pedi pra Carlos Alberto conversar com ela sobre isso. Mas não liga. Pai não liga. Quem sofre é a mãe. Eu quero tirar Marcelina dessa história de teatro. Porque vai que ela vai depois pra televisão. Televisão mostra o que é bom, o que é bonito. Marcelina não é nem uma coisa nem outra. Ela é minha filha, mas eu sei que não vale muito, não tem as qualidades. Eu tenho que admitir isso.

Então eu queria tirar ela dessa história. Porque atriz só tem dois caminhos. Ou chama a atenção porque é linda ou porque é inteligente e talentosa. Se Marcelina correr pra essa coisa da beleza, ela vai se ferrar. Porque ela tá obesa, tá imensa. Tá com cabelo ruim, porque ela puxou Carlos Alberto.

E se ela for correr pra coisa do culto, da cultura, da cabeça, ela vai se ferrar de novo. Porque ela é burra. Marcelina é bem burra. Porque ela não lê, fala que dá sono quando pega em livro. Vou fazer o quê? Não tem como.

E eu queria mandar esse recado pra ela, mas queria que Carlos Alberto falasse, pra Marcelina ficar com ódio de Carlos Alberto. Porque aí eu mando o recado e saio ilesa. Porque a estratégia das mães em geral é essa. Mas tá difícil, Carlos Alberto não tá ajudando. Aí Marcelina já quer tomar um atalho pra fama. Quer participar de reality show. E tá arrastando Juliano, também. Juliano tem a mente fraca, desorganizada, aí tá indo nas conversas da irmã, nas ilusões dela.

Todo ano eles se inscrevem nessa merda. Já falei: "Não quero vocês nesse negócio de reality." Se entrar, eu sou a primeira a votar pra sair. Já falei pra Marcelina: "Minha filha, você tá imensa de gorda, não pode entrar em reality. Numa prova de resistência você é a primeira a ir embora." Ela não consegue correr, não consegue fazer nada. Como é que faz? Ela vai ser a primeira votada pra ir embora.

Juliano não. Juliano já consegue. Mas o problema dele é outro. Porque quando tiver aquelas festas, na segunda lata de cerveja que tomar ele já vai começar a se encalacrar na viadagem. Na hora que tocar aquela nega, a Cebion, ele sabe a coreografia inteira dela. Ele sabe. Conclusão: vai sofrer preconceito do Brasil inteiro. O Brasil é um país megapreconceituoso. A gente aqui em casa vê ele fazendo essas coreografias escondido. Mas a gente, que é mãe, faz vista grossa. Agora, em rede nacional, vai fazer como?

E ainda pode sobrar pra mim. Porque eles colocam umas coisas nas bebidas desse pessoal do reality e eles começam a falar besteira. Só pode, porque normalmente a pessoa não se expõe falando tanta besteira. Aí as crianças vão beber esse negócio e vão começar a falar o quê? Vão falar besteira de mim. Não tem coisa mais interessante na vida deles, vão falar de mim. E aí, o que eu faço por eles, fora do contexto, pega mal. Vai sobrar pra mim, com certeza. Eles vão me botar contra o paredão que eu sei. E aí o Brasil inteiro vai querer saber quem eu sou, vai querer me eliminar. Tenho certeza disso. Porque o país é subdesenvolvido, não sabe valorizar mãe. É uma nação de filho da mãe, mesmo.

Eu vou acabar enfartando se essas crianças entrarem nesse reality. Tem que acabar com essa palhaçada de querer ser famoso a troco de nada. Já é famoso aqui dentro do prédio, porque só faz merda.

10.

As aventuras de Dona Hermínia no ciberespaço

Eu vi tanta coisa surgir e não esperava que ainda estaria viva pra ver uma coisa mais doida que a internet. Gente, não foi Deus que fez isso, não, foi o capeta. Uma coisa que era pra dar conhecimento pro mundo, que eu queria usar pra conhecer o mundo, visitar um museu virtualmente, me inteirar de um assunto... Mas acaba que a gente é tomada por um espírito ruim e vai clicando de link em link. E quando vê já tá dentro do Feice discutindo com alguém. E tem rede social pra tudo que é tipo de gente. Tem um que a gente fala sozinho, que nem maluco, o tal do Twitter. O símbolo é um passarinho, porque você fica piando que nem passarinho pia. E eu tenho pra mim que passarinho piando tá pedindo ajuda. Gente falando sozinha no Twitter é assim, tá com problema. Quer atenção e ninguém dá.

E tem também a rede pra gente que não quer escrever, só quer mostrar foto, o tal do Instagram. Aí que você vê que tem gente que não tem o que falar e nem tem o que fotografar, fica só fazendo foto de comida antes de comer. Eu acho que tinha que fazer diferente. Tinha que fazer a foto depois que come, mostrando o prato vazio. Isso ia ser muito útil pras mães saberem se os filhos estão se alimentando bem. Quer dizer, é mais uma tecnologia que o ser humano não tá sabendo usar.

Mas as pessoas não se contentam com a foto e botam logo um comentário, que já gera um outro comentário, que já gera um retruque, que já dá uma confusão naquela merda e eu tô inserida lá dentro. Outra coisa é que o Instagram começou com negócio de postar paisagem. Você captava uma imagem, jogava um filtro e ficava bonito. Hoje em dia a pessoa já bota o pé, a bunda, o peito, a cabeça... E o tal do selfie. Eu fico péssima no selfie do Instagram, porque a foto nunca pega o que eu quero. Tem que cortar quadrado aquela merda, aí ou eu corto o queixo ou corto o bob no cabelo. Aí não faço o selfie.

Mas eu tô agarrada no tal do Feice. Aquilo vicia, gente. É um lugar pra todo mundo ver a vida dos outros. Quer dizer, só a parte boa da vida dos outros. Porque nunca vi gente botando lá que apanhou do marido, que o filho foi reprovado na escola, que tá sem dinheiro pra pagar aluguel. É tudo uma maravilha, ali. Só tem uma hora que as pessoas mostram que não tá tudo bem com elas. É quando desandam a dar opinião sobre as coisas que estão acontecendo no mundo. Aí é um festival de maluquice. E as pessoas adoram ver a maluquice que os outros escrevem e vão lá e falam mais maluquice nos comentários.

E por que que eu digo que isso é invenção do capeta? Porque a gente é tentado mesmo a entrar em briga. Eu vejo a pessoa falando besteira, vou lá e comento que ela não tá dizendo coisa com coisa. Falo mesmo. "Ó, sua imbecil! Isso que você escreveu aí é palhaçada, é burrice!" Claro que falo. Quem me conhece sabe que eu falo as coisas na cara mesmo, pra gente que eu conheço. Se eu não tenho medo de quem pode me dar na cara, vou ter medo de quem tá longe e eu nem sei quem é?

Porque eu sou meio doida mesmo pra falar as coisas, não tenho medo. Uma vez eu fiz um negócio numa escola pública, fui fazer uns salgadinhos pra uma festa das crianças lá, pra ajudar uma amiga minha que trabalhava nesse colégio. Eu ajudo mesmo, porque tenho um coração ótimo. Aí tinha um menino lá que quis pegar o salgadinho antes da hora do evento. Eu não deixei, bati com a colher de pau na mão dele. Sabe o que o danado falou? "Tia, toma cuidado comigo porque eu sou do Comando Vermelho, hein!" Sabe o que eu respondi, na hora mesmo? "E você toma cuidado comigo porque eu sou do outro grupo, o Amigos dos Amigos! Não se mete comigo não!" Não sei se ele acreditou ou se achou que eu era maluca, mas não deu em nada. Se eu falo isso pra projeto de bandido, não vou falar com palhaço no Feice?

Tem umas coisas que revoltam mesmo. Outro dia eu até falei: "Juliano, olha aqui o que esse seu amigo falou pra mim!" É, porque eu fiquei amiga dos amigos dos meus filhos, pra ficar de olho nesses moleques mesmo. Tem que aproveitar a tecnologia, gente. Tem que cercar esses meninos. Falei: "Juliano, esse menino me mandou uma besteira sem tamanho aqui, meu Deus! Tá reclamando dos pais!" Aí Juliano veio, olhou e falou: "Ele não falou pra você, mãe! Ele botou na timeline dele. Ele só teria mandado pra você se colocasse no teu mural ou se tivesse enviado uma mensagem privada pra você." E eu quero saber de timeline ou mural? Não tem diferença, escreveu apareceu na minha frente é porque mandou pra mim. Simples assim, não tem que complicar a tecnologia. Fui lá e esculachei ele nos comentários, pra aprender a ter mais respeito pelos pais. Eu nem acho que os pais deles merecem respeito, porque não tão educando direito esse menino. Mas eu tive que fazer alguma coisa. Quer ser maluco na internet, eu sou mais. Esse Feice foi feito pra mim.

Mas eu não uso só o Feice, claro. Porque Juliano e Marcelina ficam de palhaçada e ficam me bloqueando. Quando eu vejo isso dou um esporro e eles me desbloqueiam. Tenho que ficar de olho sempre nisso. Por isso que uso muito e-mail, também. Porque quando eu vejo que os meninos me bloquearam eu tomo três medidas. Primeiro ligo na hora pro celular deles. Quando não atendem, eu vou lá no Feice e escrevo na página de tudo que é amigo deles, mandando eles falarem pros meninos pra me desbloquear de novo. E terceiro é mandar e-mail pra Juliano e Marcelina. Eu sei que eles veem o tempo todo e-mail no iPhone. Então eu uso muito e-mail pra essas coisas. E-mail também é bom pra gente ficar alerta pras coisas perigosas que surgem.

DE: valdetecampos@centrovirtual.com.br

PARA: herminia@uau.com.br

ASSUNTO: ENC: Cuidado com ladrões de órgãos

Atenção! Há um novo golpe na praça. Quando um homem está em um bar, uma loura linda com decote se aproxima e começa a puxar papo. O homem vai se envolvendo e não percebe quando a loura põe uma substância no copo dele. Em cinco minutos, o homem vai ficando tonto. A loura então diz que vai ajudá-lo e o leva para seu carro. O homem desmaia e fica desacordado por cerca de oito horas. Quando acorda, está em uma banheira com gelo e com uma dor no abdômen, onde há um corte já com pontos. É deixado um bilhete explicando que parte do fígado e um rim da vítima foram removidos. Esta é a ação de uma quadrilha que vende órgãos para transplantes.

Fique atento e repasse esta mensagem para todos os seus amigos e familiares. A próxima vítima pode ser você ou alguém que você ama. É preciso alertar todos sobre este problema, que não está sendo noticiado nos jornais a pedido das autoridades, que não querem espalhar o pânico na população. Isso aconteceu com um conhecido do marido de uma amiga da minha prima.

— Juliano, meu filho! Eu preciso conversar contigo sobre um novo golpe na praça!

— O da loura que te rende no estacionamento do shopping pra te assaltar?

— Agora ela tá roubando os rins das pessoas também. E um pedaço do fígado. Acabei de ver no e-mail.

— Mãe, essa mensagem é velha demais! É do tempo da internet discada!

— Se a loura não foi pega até hoje é porque ela é perigosa mesmo. É astuta, essa desgraçada. Você tem que tomar cuidado! Essa mulher não presta.

— Mãe, pensa comigo. Essa loura aí deixa as pessoas numa banheira de gelo pra quê?

— Pra a pessoa se recuperar da retirada dos órgãos e depois correr pra um hospital.

— E ela deixa um bilhete pra quê?

— Pra explicar pra vítima o que aconteceu, porque aí os médicos já sabem como proceder.

— E ela não leva o fígado todo, só parte dele?

— É porque se tirar o fígado todo a pessoa não sobrevive.

— Tá, mãe. Pode deixar que eu nunca iria cair no golpe da loura.

— Mas disso eu não tenho a menor dúvida. Tô só conversando com você. Eu estaria preocupada se fosse um louro atrás de um fígado.

— Ih, mãe! Lá vem você!

— Você tem que se cuidar é com o Boa Noite, Cinderela. É quando o rapaz na boate põe uma coisa na sua bebida, vai pra sua casa e rouba tudo.

— Ah, mãe! Você não tem que se preocupar com essas coisas, não.

— Eu me preocupo, sim. Porque você não tem sua própria casa! Se você leva esse golpe roubam é minhas coisas!

— Fui, mãe! Tchau!

Ih, mas essas crianças não sabem bater papo, né? Vou voltar pra minha internet.

DE: bancoitaoca@megadownlink.com.tv

PARA: herminia@uau.com.br

ASSUNTO: ALERTA CORRENTISTA

Atenção, caro cliente.

Detectamos que o seu cartão pode ter sofrido tentativa de clonagem. Para se assegurar que sua conta ainda se encontra íntegra e ganhar uma proteção extra gratuitamente contra fraude virtual, clique aqui.

Se você não tem conta no Itaoca, mas gostaria de ver as impressionantes fotos do acidente com o avião dos Mamonas Assassinas, clique aqui.

Atenciosamente,

Gerência do banco Itaoca.

Que inferno! Tenho que aturar agora Marcelina brigando comigo porque passei vírus pro computador de casa. E eu ia saber que o governo permite que façam esses e-mails falsos? Tem que prender uma pessoa dessas que manda um e-mail criminoso! E eu nem queria ver as fotos dos Mamonas Assassinas, porque acho de mau gosto isso. Deus me livre. Mas acabei clicando no link pra ganhar proteção contra clonagem e ver se a conta tava boa ainda. E o pior é que eu nem tenho conta no Itaoca! Marcelina tá me enchendo o raio da paciência agora, me jogando na cara que eu cliquei num link de um banco onde eu nem tenho conta. Preferia ter clicado no link dos Mamonas, pra não dar razão pra essa menina.

Mas vou fazer o quê? Eu tenho um negócio com essa coisa de "clique aqui". Me dá uma coisa que vai subindo, uma quentura. Aí eu tenho que clicar, não quero nem saber de quem é o link. Eu vou e clico. E aí pego o tal do vírus. Deus é testemunha que eu nunca fui mulher de pegar vírus na rua. Na minha época de mocinha, várias amiguinhas piranhas que eu tinha pegaram vírus. Eu dizia: "Noêmia, como você pegou uma doença daquele rapaz que você nem conhece direito?" Aí ela dizia que começava com um "segura aqui" e quando via já tava fazendo vergonha e pegando doença. Agora eu tô vendo que eu sou igual a essas assanhadas da minha juventude. Só que em vez do "segura aqui" é o "clica aqui". Eu não me aguento, obedeço e pego o vírus.

Agora com que cara que eu vou falar pra Marcelina não fazer safadeza com desconhecido? Eu mesma não me seguro e pego esses vírus, bactérias virtuais sei lá de quem. Mas outro dia mesmo eu tava pensando que tudo no computador já é planejado pra libertinagem. O negócio escangalha e nego diz que deu pau. Tem um tal de HD no aparelho que é hard disk. Eu procurei saber o que é isso e vi que é juntar "duro" com "disco". As pessoas que trabalham na informática fazem programa. E, pra piorar, o nome da máquina tem "puta" e "dor" no meio. Quer dizer, quem inventou a informática já tava de má intenção mesmo. Já tava preparando a cabeça da pessoa, no subconsciente, pra querer clicar em coisa maliciosa e pegar herpes virtual. Tudo nerd pervertido, que não teve namorada e depois ficou armando sacanagem pra cima dos usuários. Tem jeito, não.

Olha só como esse Feice complica a vida da gente. Taí a Valdete, amiga minha da juventude, dessas que pegavam vírus e bactéria de herpes de tudo que era estranho antes da invenção do computador, me chamando pra esse grupo. Eu fui ver quem tá nesse negócio e é todo mundo que saía junto em Niterói. A gente combinava com uma turminha e ia todo mundo ao cinema. Não vou enganar vocês dizendo que não deu vontade de entrar nesse grupo pra falar das coisas do passado, do tarado do cinema. Tinha um tarado na época que ia ao cinema e botava as coisas pra fora. Todo mundo falava: "Ih, cuidado que o Jacaré tá aí no cinema." Era Jacaré o apelido dele. Hoje tá tudo muito pior. Eu vejo reportagem sobre esses tarados no metrô, fazendo essas indecências. Eu acho que tem que ver isso até com cuidado. Porque hoje o metrô tá cheio demais, mesmo. Não tem como o homem não esbarrar. Vai fazer o quê? Ele vai passar e vai encostar mesmo. Mas aí eles tão errados quando passam a mão. Se passassem a mão em mim no metrô eu chegaria mais perto, deixava o tarado se encostar e quando ele menos esperasse agarrava no pinto dele. Arrancava aquilo dele. Não precisava nem chamar a polícia, que eu ia fazer justiça com minhas próprias mãos. Porque por causa desses a mulher tem que andar de peixeira e spray de pimenta. O Jacaré não fazia essas coisas de passar a mão, não. Ficava de taradice de longe. Tá errado? Tá errado. Mas nunca encostou em ninguém.

Mas aí eu vou entrar no grupo dos anos 80 só pra falar do Jacaré? Não vou. Eu não quero me deparar com aquilo lá toda hora, porque fico vendo todo mundo ali no grupo e tão muito diferentes. Eu preferia ficar com outra imagem daquele pessoal. Poucos ali deram certo na vida. A maioria não teve evolução nenhuma. Se bobear, regrediu. Noêmia tá com cabelo horrível, megarressecado, com o dente podre, cor amarelo-ouro. Gracindo, que era um tesão, tá esquisito, com uma cor de pele estranha. Acho que fez bronzeamento artificial só pra tirar aquela foto, porque se mudou pra Petrópolis. Virgínia tá velha. Tem a minha idade, mas teve filho cedo, envelheceu mais rápido que eu. Tá um caco. Isso porque, com certeza, não soube lidar com filho adolescente. Eu consegui me manter apresentável, mas foi a muito custo. Tá doido. Adolescente não é fácil. Olha, eu teria cinquenta filhos de 5 anos, mas não teria um de 17. Se eu tivesse que escolher, eu teria esses cinquenta filhos criança. Mas não teria um de 17 anos mesmo.

Mas aí fico vendo essa falta de evolução na vida das pessoas e começo a pensar. A minha evolução na vida, se parar pra pensar mesmo, também não aconteceu. Porque comigo foi assim... Eu conheci Carlos Alberto. Aí namorei Carlos Alberto. Noivei com Carlos Alberto e casei com Carlos Alberto. Depois de casada, eu tive as crianças. Aí depois dei o próximo passo natural, que é o divórcio. Depois do casamento, se você quiser dar o próximo passo, é o divórcio. Por isso me separei de Carlos Alberto, foi a evolução do processo. Na verdade eu não me separei, eu fui separada. Porque aquela vaca da Soraia apareceu do nada, não tava nem no script. Carlos Alberto me largou pra ficar com ela. Aí, conclusão, eu fiquei solteira, só que com o dobro da idade de quando eu era solteira da primeira vez. E 20 quilos mais gorda. Então hoje eu me encontro nessa situação...

As crianças daqui a pouco estão indo embora, porque tá tudo crescendo. Quando o cérebro formar, eles vão embora. Aí eu vou ficar aqui solteira, sem marido e sem filho. Quer dizer, se for pegar no gráfico da minha evolução, no momento que Soraia aparece, eu caio. Despenco. Não teve um descendo assim, devagar, feito os gráficos são, sabe. Eu na verdade, se for parar pra pensar, me encontro em queda livre.

Aí vou entrar no grupo dos anos 80 pra quê? Pra reclamar da vida? Eu não sou mulher de ficar reclamando da vida, eu só olho pra frente. Vou ficar no Feice com esse pessoal falando o que dos anos 80? Eu basicamente iria só ficar elogiando as novelas daquele tempo, porque novela hoje é coisa chata. As novelas de hoje em dia são muito ruins, sabia? Se tivesse um número eu ligava na hora pra reclamar. Eu gostava da novela nos anos 80. Adorava.

Da Regina Duarte, eu via tudo... *Sétimo sentido*, *Roque Santeiro, Vale tudo*... não perdia uma. Até *Rainha da sucata*, que já foi em 90. Minha mãe e meu pai ficavam vendo com a gente na sala. Eu e minhas irmãs passávamos horas assistindo com eles. A lambada só pegou no Brasil porque a Regina Duarte falava dela na novela, senão não pegava. Podia botar três Sidney Magal e cinco Beto Barbosa dançando que não pegava. Podia botar Roberto Carlos cantando lambada que não ia pegar. Foi graças a Regina Duarte isso. Porque Regina Duarte prende a gente. Pra mim, Regina Duarte é igual a Julia Roberts no cinema. Não tem outra igual! É insubstituível.

Então tinha isso de bom. Pensando aqui nas novelas, eu gostava dos anos 80. A única coisa que eu não gostava nos anos 80 era eu, né? Eu era muito ruim, mesmo. O cabelo era ruim, a roupa era ruim... Um horror! Não sei como é que pode. Eu tinha um cabelo que dava pra guardar um pombo dentro. Como é que pode alguém fazer aquele cabelo, gente? Graças a Deus essa Amy Winehouse apareceu, que aí ela explicou melhor esse estilo. Vai ver que ela se inspirou nesse cabelo que eu fiz nessa época. É muito ruim.

A roupa... outra coisa horrível. Eu tinha um collant que botava com a calça por cima que era uma coisa do inferno.

Parecia figurino do Chacrinha, gente. Eu acho até que meu casamento com Carlos Alberto acabou por causa daquela roupa. Se bem que foi Carlos Alberto que me deu a roupa. Olha ele aí já boicotando nosso casamento. Mas é tudo muito ruim mesmo em mim nos anos 80. Então vou fazer o quê? Vou ignorar esse convite de entrar no grupo. Onde é que clico pra ignorar mesmo? Ai, Meu Deus! Cliquei errado e aceitei essa joça! Juliano! Juliano! Me tira aqui do grupo dos anos 80, Juliano! Juliano! Peraí, Juliano! Tem alguém falando aqui do Jacaré. Parece que ele é político agora! Deixa eu comentar aqui!

11.

Divagando sem divã

Eu tava vendo um programa na televisão sobre os maiores vilões da História. Tinha um monte de ditador, que causou a morte de milhares de pessoas. Olha, mas teve muito maluco mesmo que passou pelo planeta. Mas eu senti falta de um nome que não tava nessa lista de vilões: Freud. Esse mesmo, o psicanalista.

Se eu pudesse voltar no tempo pra encontrar uma personalidade, eu ficaria muito dividida. Não sei se voltava para falar com Maria, mãe de Jesus, a única que sofreu mais que eu por causa de filho, ou se eu ia ver esse Freud. Se eu encontro com Freud, ia falar poucas e boas na cara dele. Antipatia que eu tenho desse homem. Mania de colocar tudo que é culpa na mãe. Ele diz sempre que mãe é culpada disso, que é culpada daquilo. Ridículo! Essas crianças de hoje em dia estão perturbadas. Falam tudo na cara da gente, não têm modos. Aí vêm botar a culpa na mãe?

Outro dia botei Marcelina na análise. Sabe o que a mulher falou pra ela? Pra cortar o cordão umbilical. Eu falei:

"Retardada ela, né?" Porque Marcelina, quando nasceu, a primeira coisa que aconteceu com ela foi cair o cordão umbilical. Porque ela já nasceu querendo se livrar, querendo ir atrás de um sanduíche. Porque assim que ela é, esfomeada. Se bobeasse, comia o cordão umbilical, que nem cachorro faz depois que dá cria.

Agora você vê, gente. A psicóloga querendo botar a Marcelina contra mim! A primeira coisa que a psicóloga fala quando você chega na análise é o quê? Ela pergunta: "Como é a sua mãe?" Aí vocês acham que a pessoa fala o quê? Acham que ela vai dizer que a mãe te dá amor, te leva nas costas, paga as tuas contas? Não, a pessoa detona a gente. Diz que a gente é controladora, que é superprotetora, que não te deixa crescer... Tá entendendo? Ah, eu hein! Tô de saco cheio desses preconceitos.

Marcelina me contou que a psicóloga dela disse que ela tinha que matar a mãe. O quê? Matar a mãe? Eu fui lá atrás dela, queria dar na cara daquela mulher. Tá maluca? Vai matar a tua mãe, ridícula! Mandar a Marcelina me matar dentro de casa? Aí ela falou que era negócio de símbolo. Matar mãe e matar pai. Coisa simbólica, de ficar independente. Aí eu tava pensando aqui: mata o pai, então. Se for pra escolher, vai me matar?

Isso tudo é culpa desse Freud, mesmo. Tem outra coisa que ele botou na cabeça das pessoas, o tal do Complexo de Édipo, que é uma coisa de filho querer matar o pai pra casar com a mãe. Também dizem que é simbólico, que o desajustado não mata o pai, nem casa com a mãe. Ou que é uma fase normal das crianças. Mas eu não acho que isso exista, não. Meu filho mais velho, o Garib, eu sei que não

Cena do filme *Minha mãe é uma peça*, de André Pellenz

teve isso. Se ele estivesse assim, simbolicamente apaixonado por mim, com alguma fixação, não ia casar com mulher feia, como casou. Ia procurar uma mulher bonitinha, pelo menos.

E Juliano? Aquele ali não tem nada de agarrado comigo. Era pra ter, porque a gente que é mãe sabe que ele é diferente, que tem essa coisa do gay que ele tá trabalhando pra assumir. E gay adora a mãe. Já ele não. Ele só dá na minha cabeça, não liga pra mim. Deus que me livre, mas às vezes acho até que falta um pouco de Édipo naquele garoto. Não só pra gostar de mim, mas pra matar o pai um pouquinho. Nem que fosse simbolicamente. Eu ia ficar muito feliz, simbolicamente.

Mas eu que não vou à analista. E nem faço que nem uns e outros quando tão na fossa. Tem gente que tem mania de comprar coisa pra ficar feliz. Tá triste, vai no shopping como se fosse farmácia. Eu hein, gente! Isso aí é falta de estrutura. Eu, quando tô assim pra baixo, de tristeza com alguma sem-gracice que meus filhos fizeram, alguma injustiça comigo, eu não vou pra shopping, não. Pra quê? Gastar dinheiro com porcaria? Eu ligo pra Carlos Alberto e despejo tudo na cabeça daquele safado. Me faz um bem, gente. Funciona que é uma beleza. Tem que botar pra fora mesmo. É tipo um analista, sabe? Taí, não tem que procurar analista, não! Se você tem ex-marido, é pra isso que serve. É pra ouvir mesmo!

Agora se não tem, fazer o quê? Gastar comprando besteira, ir em shopping pra ficar ouvindo aquelas vendedoras que não têm nada na cabeça, gente? Não sabem nada da vida e vêm falar que a roupa combina comigo. Você me conhece? Não conhece! Como é que sabe se a roupa combina comigo? Sabe se a roupa gosta das coisas que eu gosto, sabe suportar as coisas que eu suporto? Não sabe. Se soubesse não tava vendendo roupa. Tava trabalhando de cientista, que sabe tudo, que entende das relações das coisas e das pessoas. Não aguento vendedora de shopping. "Qual é seu nome, senhora?" Eu, hein! Quer saber meu nome pra quê? Vai rezar pra mim de noite se eu comprar com ela? Não vai. Precisa do meu nome pra quê? Sem graça. Se fosse pra saber meu nome eu andava com crachá. Shopping dava crachá na entrada.

12. Guia de dona Hermínia sobre como manter seu ex-marido

Eu já vi numa revista feminina um guia de como manter o marido. Eu tenho pra mim que mulher que lê uma coisa dessas é frouxa. Não tem que manter marido coisa nenhuma. Se não liga pra você, é porque ele não presta. Se não presta, é porque tem que deixar ir embora. Eu e Carlos Alberto fomos assim. Ele foi embora atrás da vaca da Soraia. Mas eu deixei ele ir. Eu vi que o casamento não tava bom e não quis correr atrás pra segurar coisa nenhuma.

Um amigo meu na época, seu Silas, veio conversar comigo quando eu já tava em crise com Carlos Alberto. Seu Silas era espírita. Ele falou que eu não tinha que me separar, porque meu casamento era cármico. Ele disse: "Não adianta vocês se separarem, vocês precisam ficar juntos, é coisa de carma, que vocês trouxeram de outra vida. Carlos Alberto não é má pessoa, você deve continuar com ele, dona Hermínia." Eu respondi: "Ele não é mau, mas é um porre! Eu vou deixar ele ir embora mesmo e vou pagar esse carma à prestação, em outras vidas. Numa vida só eu não aguento!" Então deixei a coisa seguir seu caminho, ele me largou e não deu outra. Mesmo separado, a gente nunca se desgrudou, teve que continuar convivendo, mesmo. Porque se eu tinha que pagar esse carma, vou ficar atrás pra ele pagar também.

Então preparei um guia, coisa pequena, bem básica mesmo, de como manter seu ex-marido. Porque mesmo que você não tenha um casamento cármico como o seu Silas falou que era o meu, é bom você ter o seu ex-marido por perto. Porque senão estoura tudo que é problema dos filhos na sua mão, quando na verdade tem que estourar na mão dos dois. Pensando bem, tem que estourar na mão dele, porque a mãe já cuida diariamente das crianças, o que já é uma espécie de problema. Então os outros tipos de problema têm que ficar na mão do ex, mesmo. Sem contar que ligar pro ex e berrar com ele dá uma aliviada boa, viu?

Cena do espetáculo *Minha mãe é uma peça*

Regra 1

Não botar as crianças entre os pais em uma briga. Ou seja, você vai brigar com seu ex-marido a vida toda, mas não ponha os filhos no meio da confusão. Você pode ter uma merda de ex-marido, que é o meu caso, por exemplo. Mas nunca ataque a figura paterna diante de seus filhos. Não pode falar mal dele como pai, só como pessoa. A vontade que tenho é chegar para os meus filhos e falar:

— O pai de vocês não serve pra merda nenhuma, só pra me encher o saco. É um merda, só pra vocês saberem.

Eu nunca disse pra eles que ele é mau pai. Eu acho isso? Acho. Mas vou dizer? Não vou.

Regra 2

Não ir contra a atual dele, nunca implicar com a madrasta. Até porque, por mais que você tenha algum ranço dela, algum ciúme, na hora de uma ausência sua ela pode te ajudar a cuidar dos seus filhos. Então, num momento que você quer sair, quer fazer uma viagem, você larga as crianças na mão da madrasta. Quer ficar quatro dias na casa de uma parente, larga na mão da madrasta. Quer ir na padaria, larga na mão da madrasta. Pra alguma coisa ela tem que servir.

Porque com certeza a madrasta vai querer cuidar do teu filho pra agradar ao marido. E se pintar algum problema e você quiser discutir com ela, segura. Viaja, faz o que tiver que fazer, e só discute na volta. É mais jogo pra você.

Regra 3

Deixar sempre o ex-marido informado de tudo que se passa na vida dos filhos. Tem que ser como se ele morasse contigo ainda. Não pode fazer segredo pra ele, por mais que o homem não mereça ficar por dentro da vida das crianças. Tem que dividir as felicidades também, não só os problemas. Aqui em casa eu queria muito ligar pra Carlos Alberto e contar uma coisa boa de Juliano e Marcelina. Mas não tem. Vou fazer o quê? Conto só as coisas ruins mesmo, né? Se você acha que tem algo diferente acontecendo com seus filhos, seja coisa de sexualidade, de drogas e outras coisas que podem acontecer com qualquer família, tem que dividir.

Nesse momento mesmo, Juliano e Marcelina estão na casa do pai, no Rio. Eu tô com uma aflição aqui que eu tenho que dividir com ele. Eu tenho certeza de que essas crianças estão na praia, que é um lugar perigoso, com sol forte, mar agitado, tumulto... Uma coisa horrível! Primeiro eu vou ligar pra eles pra ver se é isso mesmo. Mas pode apostar que tô certa, porque coração de mãe não erra.

É coisa da natureza isso. E a natureza é sábia, até porque é a Mãe Natureza, tá entendendo? Se fosse Pai Natureza, a gente tava tudo ferrado. A mãe não teria sexto sentido, seria enganada pelos filhos. Mas não. É Mãe Natureza. Então tô ligando aqui pra Juliano pra provar pra vocês.

— Alô, Juliano! Onde é que você tá? Sabia! Você tá fazendo o que na praia? Você passou protetor? Mentira! Tá aqui na minha mão o protetor. Seu sonso! Vem pra casa agora! Vai buscar tua irmã. Cadê tua irmã? Vai catar! Ela não tá do seu lado? Marcelina tá imensa de gorda, foi fazer o que na praia? Cismou com praia agora! Vai buscar ela! Se der uma merda com ela no mar, não tem um salva-vidas que segure. Imensa daquele jeito. Eu vou ligar pra ela! Tchau!

Olha, eu vou te contar uma coisa, viu? Mãe sofre. Eu sabia que essas crianças tavam na praia sem pai nem mãe. Vou dar um esporro na Marcelina também. Onde já se viu ir pra praia assim, sem me falar nada? Tá tocando o telefone dessa safada.

— Marcelina! Vem embora agora dessa praia! O que você tá fazendo na praia? Você não sabe nadar! Marcelina, minha filha, você não pode entrar na água. Você tá imensa de gorda, você afunda! Marcelina vem pra cá, porque você tá me deixando nervosa! Você tá de boia? Boia ridícula nada! Ridículo é você cair nessa água, levar um caixote e ficar encalhada, que nem uma baleia. Depois ainda tenho que ir reconhecer corpo. Vem pra casa! Eu vou ligar pro seu pai agora!

Eu não mereço isso! Eu não mereço isso sozinha! Tenho que dividir isso com Carlos Alberto. Eu não falei que era assim? Tem que manter informado de tudo.

— Alô, Carlos Alberto! Quer fazer o favor de ir buscar Marcelina e Juliano na praia agora? Porque a praia tá cheia de bandeira vermelha, eu tô uma pilha de nervos, já. Juliano tá ali na Farme de Amoedo, na altura dos gays. Não sei se ele é gay! Não me vem com esses pepinos agora, Carlos Alberto! E vai buscar Marcelina ali no Coqueiro, no posto 9. Não! Onde tem os maconheiros. Ah, não sei se ela é maconheira! Não me vem com esses pepinos agora, Carlos Alberto! Vai lá, tchau.

A gente tem que dividir tudo, mas algumas coisas o ex-marido não tem o preparo pra lidar, vocês me entendem?

13.

Tudo que sobe...

— Juliano, vem aqui agora!

— Que foi, mãe?

— Temos que conversar sobre algo muito grave. Eu achei um papel.

— Que papel?

— Um com os contatos de um cara aí.

— Quem?!!!

— Não importa o nome, Juliano! Não quero você nessa coisa de trepar com esse sujeito!

— Peraí, mãe. Me explica melhor o que você tá sabendo...

— Tô sabendo de tudo e não vou deixar mais passar. Sair trepando assim é perigoso! Você me mata se eu souber que você se deu mal trepando por aí!

— Não é bem por aí, mãe...

— Não quero saber onde é! Eu não confio em você com essas coisas! Nem vem me dizer que você usa proteção, porque eu não acredito! Porque você, além de desorganizado, é irresponsável!

— Mas eu me protejo, sim!

— Você não me responda, Juliano! Você não me engana que eu sei o filho que eu tenho. Você acha que eu tô falando só de joelho ralado, cotovelo esfolado?

— Que isso, mãe?!!!

— Não confio nesse sujeito pra fazer essas coisas em você, te amarrando com corda ou sei lá o quê! Você vai se estrepar, Juliano!

— Que corda, mãe?!!! Eu nem curto essas coisas!

— Eu já vi documentário sobre isso! Esses caras te levam pruns lugares perigosos, armam a barraca e vão explorando tudo que é buraco que encontram! Não quero filho meu metido nisso!

— Tá bom, mãe. Você tem certeza que quer conversar sobre isso? Então ok. Vamos falar sobre isso. Eu queria te poupar, sei que a senhora não tem cabeça pra essas coisas. Mas então vamos lá...

— Não tenho cabeça pra isso mesmo! Você acha que eu crio filho meu pra morrer numa escalada? Pra despencar de montanha e ter um traumatismo craniano, uma morte cerebral? Eu não tenho saúde pra isso, Juliano! Eu não tenho condições de arcar nem com seu enterro! Vou ter que ficar pedindo dinheiro pra Carlos Alberto pra enterrar você, e quando aquele desgraçado liberar a verba já vão estar rezando missa de sétimo dia! Isso se eu tiver dinheiro pra missa também, porque eu não sei se vou ter, você tá me entendendo?

— Peraí, mãe! Para tudo! Você tá falando de escalada?

— Tô, Juliano! Eu peguei esse papel aqui, ó, desse tal instrutor Flávio! Tá aqui, ó, "escalada". Tem horário anotado aqui e tudo. Aliás, o horário é agora. Tá vendo? Você é tão desleixado que perdeu a hora da escalada! Mas pode esquecer que você não vai na próxima também!

— Pô, mãe! Eu não tenho nada com isso, não!

— Só pode ser você, Juliano! Nem vem de palhaçada! Vai dizer que é Marcelina? Aquela menina gorda daquele jeito não pode tá metida nisso!

— Pois a senhora deveria ficar mais esperta. Ela tá justamente numa escalada agora. Teu sexto sentido falhou, é?

— Juliano, deixa de ser sonso! Não brinca com essas coisas! Marcelina numa escalada? Tão usando guindaste agora em escalada, é? Vai ver que é aquele carvalhão, usado em carnaval. Só se for, porque ela não tem condições. Você jura?

— Liga pra ela pra ver. Eu vou dar uma saída pra respirar, porque a senhora me deu um susto agora. Fui, mãe!

Eu não acredito nisso! O que essa garota vai fazer em curso de escalada, gente? Escalada é coisa pra magro, gente! Tô nervosa agora. Vai que essa garota arrebenta uma corda, arrasta uma coisa. Se ela cair de uma montanha e atingir o chão, vai causar o primeiro terremoto no Brasil. Não pode! Eu vou ligar pra ela.

— Marcelina, por que você tá metida com negócio de montanha? Como assim "como é que eu sei" ?! Entrei no seu quarto e achei essa merda de curso de escalada. Se você morrer agora, você me cria um problema. Eu tô num nível de dureza que eu não tenho dinheiro pra te enterrar. Vou ter que te enterrar no quintal da sua avó até as coisas melhorarem. Quem mandou você se meter nisso aí? Chama o instrutor. Sai daí de onde você tá. Você tá o quê? Você tá presa? Presa na pedra? Marcelina? Eu vou morrer, gente! Chama o instrutor! Põe ele na linha aí comigo!

"Ô, garoto! Você não tem vergonha, não? Se juntar com um monte de gente inocente e botar garoto pra pular de montanha? Por que você não se taca daí, seu idiota? Se minha filha ficar entalada na pedra, eu vou entalar um soco dentro da sua cara, por me largar nervosa aqui dentro de casa. Chama a Marcelina aí!

"Marcelina, vem embora pra casa! Larga esse garoto e vem embora pra casa! Outra coisa, minha filha. Cadê os cem reais que tavam na minha cômoda? Você pegou? Larga de ser sonsa, Marcelina. Você pegou? Pra pagar escalada? Pega de volta aí com ele. É meu esse dinheiro! Não vai fazer escalada coisa nenhuma, vai emagrecer comendo salada! Vem pra casa! Tchau!"

Ah, eu hein! Era o que me faltava dar dinheiro meu pra malandro que fica dizendo como é que sobe morro. Você vê aí metade da população do Rio subindo o morro todo dia sem gastar um centavo, a pé mesmo. Aí vai arriscar a vida subindo de corda e ainda leva meu dinheiro junto?!!! Quando eu falei com Marcelina que ia ter que aprender a subir na vida, essa menina não deve ter me entendido direito. Confundiu as coisas! Só pode!

14. Boa vizinhança (procura-se)

Vizinhos,

É favor não fazer barulho, para as pessoas de bem poderem ter tranquilidade na hora da novela e do sono. O pedido é para certas pessoas que sabem que fazem barulho. Favor passar o pedido também para não pessoas, como cachorros que sabem que fazem barulho mas não são repreendidos pelos proprietários dos mesmos.

Encarecidamente,

Uma pessoa de bem que fala quando tem que falar.

Tá lendo aí o cartaz no elevador? Faz ideia de quem colou, né? Quem é que tem coragem aqui no prédio de falar o que tem que falar? Eu, claro! É como sempre digo: eu mato um, mas não morro. Não vou ficar dentro de casa sofrendo com falta de educação dos outros. Eu, hein! Parece que não teve mãe pra educar. Fazem barulho de tudo que é jeito. Tem gente que acha que eu também falo alto, que eu até berro. Mas é só quando tenho que dar um corretivo nas crianças. Aí as pessoas têm que aguentar mesmo, porque é pra construir um país melhor. As crianças não são o futuro? Então! Tenho que gritar pra fazer esse futuro não ser uma porcaria. A missão da mãe é essa, gente. É não deixar a humanidade desandar, tá me entendendo?

Mas aí a gente se pega tendo que dar educação pra um prédio inteiro, pra marmanjo. Tem um rapaz aqui no primeiro andar que ouve música alta demais. Parece até que tem problema de audição. E de gosto, né? Porque se ainda fosse música boa, um Roberto Carlos, ou um Erasmo Carlos, que eu até prefiro, porque é mais charmoso, aí tava tudo bem. Mas é só barulho, mesmo. Marcelina me disse que é normal, que é um tal de *révi metal*, coisa de metal pesado. Você chega na portaria e já ouve o barulho. Quer dizer, você traz uma visita pra sua casa e ela vai achar que eu moro onde? Num baile funk de metal pesado. Dizem até que é música de quem tem negócio com o capeta, mas eu acho muito difícil, porque o coisa-ruim não ouve isso. O inferno é abafado, ele não ia aguentar esse esporro, não. Aí eu me pergunto, tem mãe um sujeito desse? Não tem.

Outro que me perturba demais é o do 501, com o cachorro que late já de manhã. Tem gente que não se acha preparado pra ter filho, aí compra cachorro. Casal de jovem é assim. Pega cachorro pra servir de estagiário de filho. Como se cachorro fosse um décimo do trabalho que é cuidar de filho. Cachorro, se a gente botar numa comparação de porcentagem com filho, dá um por cento, não dá dez por cento. Cachorro não sai sozinho sem te dar satisfação, não volta pra casa de madrugada. Não come demais, não engorda. Come de tudo o bicho, mas não engorda. Come teu chinelo e não engorda. Eu mesmo tenho medo de Marcelina me comer uns chinelos. Mas se emagrecer eu até deixo essa menina viver de Havaiana.

Quero ver o casal jovem do 501 com uma Marcelina dentro de casa. Quero ver com filho, porque se com cachorro já não tá se impondo imagina com criança! Deixa o cachorro latindo de manhã, já cedo. Gente na roça acorda feliz com galo cantando, eu acordo troncha com cachorro latindo. Qualquer dia eu deixo um pedaço de carne com Lexotan pra esse bicho ficar calmo. Porque deve ser um cão estressado, que tem que lidar com casal jovem, que não sabe nada da vida, acha que vai ficar junto pra sempre. Não vai. Eu vejo que não vai, conheço o tipo. É só o filho nascer e separa. Não tem estrutura, porque acha que o cachorro é filho.

Aí eu deixo o recado mesmo, quando ler vai saber que é com eles. Porque só eles têm cachorro aqui. O condomínio não deixa ter cachorro, mas cadê a síndica pra tomar uma decisão? Não toma. Aí todo mundo quebra as regras. Pode fumar maconha no condomínio? Não pode nem no Brasil, mas tem vizinho que fuma. Não faz barulho, mas é uma coisa que me incomoda um pouco, porque dá o cheiro. Esse cheiro chega lá em casa e pode influenciar as crianças. Juliano pode ficar curioso, pode querer fumar tóxico. Aí é que não vai fazer nada mesmo. Além de preguiçoso, vai ficar rindo o dia inteiro que nem um imbecil. E Marcelina? Deus me livre de Marcelina fumar essas coisas. A menina já come um boi normalmente, naquela fome que dá depois de fumar, a tal da larica, vai acabar comendo uma boiada. Vai beber chá de cogumelo sem tirar os cogumelos. Porque come tudo que vê pela frente mesmo.

Eu tenho moral pra exigir as coisas aqui no prédio, porque eu respeito as leis. Já meus filhos só não incomodam mais porque quase não param aqui. Fazem a casa de hotel de luxo, só passam pra dormir e comer. Eu sou a camareira deles. Mas eu tenho o meu direito a descansar também. Tá na hora da minha novela.

(*Nhéééééé!!!*)

Quê?!!! Que som maldito é esse?!!! Sabia! Mais essa agora! Barulho de cadeira arrastada a essa hora! Gente, eu querendo ver minha novela e essa mulher fazendo faxina! Daqui a pouco começa a enceradeira! Isso é gente que não se programa, não sabe ser dona de casa e vai desemporcalhar o apartamento na hora do lazer dos outros! Vou ligar pra William, o zelador.

Cena do filme *Minha mãe é uma peça*, de André Pellenz

— Alô?

— William, sou eu, Hermínia!

— Boa noite, dona Hermínia.

— Escuta aqui, tem como ligar pra essa mulher do 503, essa vaca, e falar que ela não pode resolver da cabeça dela a essa hora da noite fazer uma faxina? Porque ela tá com aspirador aqui em cima da minha cabeça nove e meia da noite. Fala pra ela que existe horário de silêncio.

— A senhora quer dizer lei do silêncio? Mas é só a partir das dez.

— E você acha que ela acaba essa droga dessa faxina em meia hora? Outra coisa é que a lei do silêncio é flexível. Tem fuso horário dessa lei. A novela traz o fuso pra ela. Começou novela já tá em vigor a lei do silêncio! Tô querendo ver minha televisão e não tô conseguindo!

— Mas por que a senhora mesma não liga pra ela?

— Ela tá agitada comigo. É aquela mulher que pensou que eu falei que a filha dela é masculina.

— A senhora não falou isso na reunião de condomínio?

— Não foi nada disso! Não falei que a filha dela é masculina! Eu falei que a filha dela é masculinizada. Inclusive...

— Ah, mas então ela não tá achando que a senhora falou por mal.

— Ela tá achando, sim. Inclusive você pode ligar pra ela e falar que não é nada disso. Eu não tenho nem moral pra falar isso, que eu outro dia entrei aqui em casa e peguei meu filho dançando inteirinha a coreografia daquela cantora negra, a Cebion.

— A Beonça?

— Essa mesmo. Sabe dançar melhor que ela. Eu fui conversar com ele e até falei: "Meu filho, você quer falar alguma coisa com a mamãe? Tem alguma coisa que você queira dizer? Que você não esteja conseguindo dizer? Que mamãe vai te amar do mesmo jeito?" Ele pegou e me expulsou do quarto dele. Fiquei mais grilada ainda.

— Olha, a senhora não precisa falar dessas coisas assim com os outros...

— Alá! Olha o barulho agora! Enceradeira! Abaixa! Ô, garota! Eu tô falando com você e ela aumentou o barulho lá em cima pra poder me prejudicar.

— Tá bom, dona Hermínia. Eu vou falar com ela. Amanhã eu aviso que a senhora pediu pra reclamar.

— Mas precisa dizer que fui eu? Diz que foram os vizinhos. Senão ela vai dizer que tô de implicância, que eu sou chata.

— Será que ela vai achar que a senhora é chata? Acho que não. Mas pode deixar que eu não falo o nome da senhora, não. Boa noite.

Desligou. Eu acho que esse William tava de ironia. Não tava? Quando não me destrata, faz ironia boba. Eu só tô tentando um jeito de não ter inimigo aqui. Porque uma coisa que eu não tenho é inimigo. Porque inimizade você precisa alimentar. Eu não alimento, então não tenho. Eu tive sim um atrito com a Soraia, que é a atual esposa do meu marido, porque essa vaca foi responsável pela minha separação com ele. Então foi inevitável meu atrito com ela. E com Carlos Alberto, que eu me atritei a vida toda, até chegar à separação. Mas inimigo, mesmo, eu não tenho.

Porque Carlos Alberto não é meu inimigo, ele é meu ex-marido. É pior que inimigo. Porque inimigo você pode mandar à merda. Com Carlos Alberto não posso fazer isso, já que eu preciso dele pra me ajudar com as crianças. Quer dizer, eu até posso, mas só depois que eu não precisar mais dele. Se eu deixo meus filhos com ele e volto de uma viagem, aí eu já posso mandar ele à merda sem me perturbar. Porque até chegar outro dia em que eu precisar dele, ele já esqueceu e posso pedir de novo. A ofensa tem um período de validade que expira, eu sei quanto tempo dura. Eu tenho até um quadro na cozinha com um cronograma dos dias que eu posso mandar ele à merda, de modo que faço isso o ano inteiro sem problema. Se erro um dia desses, me estrepo com ele.

Ah, e tem a dona Lourdes, aqui do prédio. Porque essa fofoqueira eu não suporto, mesmo. Ela fala mal do prédio inteiro. Ela se junta com a síndica, que eu também não suporto, aí ferrou, né? Fala de tudo e de todos. Deus me livre, eu tenho horror delas. Outro dia eu fui reclamar com essa síndica em relação a essa menina aqui do lado, essa fedorenta, que eu não suporto ela, também. Eu queria falar que o marido dela é viciado em karaokê. Ele é outro que eu não suporto também, aliás. Aí ela falou que não tinha nada com isso. Tá entendendo? Aí eu liguei pro zelador, ele falou que não tinha nada com isso. Que eu devia arrumar um marido, que eu devia deixar de ser chata.

Mas o William tá certo, né? Se eu arrumasse um marido ele não falava assim comigo. Não falava mesmo. Esse William é outro que não suporto.

Cena do filme *Minha mãe é uma peça*, de André Pellenz

15.

Então é Natal

PRA BOM ENTENDEDOR, PINGO é letra. Vai todo mundo entender esse cartão. Não é possível que não entenda que esse ano não vai mais ter Natal aqui em casa, não. Não quero parente vindo pra cá. Iesa, minha irmã, entra aqui e em meia hora, ou até antes, já tá dando na cara dos outros. Briga mesmo. Incorpora os romanos e sai dando na cara de cristão. Não quero!

Palhaçada essa coisa de família. Família briga o ano inteiro. Chega no fim do ano e todo mundo se ama. O que é isso? Falsidade! Meu sobrinho João Marcelo é outro, esfomeado. No Natal passado, foi praticamente um pernil pra família e um pernil só pra ele. Não tenho dinheiro pra ficar sustentando filho dos outros não, gente!

Quando essas crianças chegarem, vou falar: "Só quero criança aqui em casa até sete horas da noite. Deu sete horas, cada um pra sua casa!" Porque isso aqui não é casa da mãe Joana, não. Esses moleques acabam ficando enfurnados o dia inteiro aqui, comem a casa inteira e não trazem uma pipoca. Para com isso, gente!

E ainda tem que ficar comprando presente pra todo mundo! Eu tô dura! Vou comprar só um presente pra titia. Pra ela eu dou um sabonete, um sachezinho, porque ela é velha. Ela gosta. Velha adora essas coisas. E sai mais barato pra mim. Agora, pra Marcelina... eu dou o que pra ela? Imensa de gorda como ela tá? Gordo a gente tem que dar objeto, não pode ser roupa porque a gente nunca acerta. Tá tão gorda que outro dia passou aqui em frente com uma capa de chuva amarela, eu quase chamei achando que era um táxi.

E Juliano? Vou comprar o que pra esse menino? Um armário gigante? Pra ele fazer as coreografias da Cebion lá dentro? Eu nunca soube o que dar pra esse menino, porque não gosta de nada que rapaz gosta. Nunca gostou de carrinho, bola de futebol, revólver de brinquedo, boneco de soldado, nada! Agora que cresceu, ficou ainda mais difícil. Vou dar dinheiro mesmo e aí ele decide o que comprar.

Ou então dou um vale-presente, que é quando a pessoa não tem saco mesmo pra escolher alguma coisa. Ah, quer saber? Vou dar vale-presente nada! Gente, que besteira comprar vale-presente! A pessoa acha que é elegante entregar vale em vez de dinheiro? Vale é coisa pra pobre. A pessoa passa o ano todo mexendo em vale-transporte e vale-refeição, no fim do ano vai e recebe um vale-presente? Que ocasião especial é essa que você ganha mais um vale? Tá com vergonha de entregar dinheiro, faz como no salão de beleza, quando você entrega a gorjeta pra cabeleireira botando uma nota discretamente no bolso dela! Chama a pessoa pra dar um beijinho de Feliz Natal e põe o dinheiro no bolso, sem falar nada. Pronto, tá presenteado!

E tem mais! Só vou dar presente pra essas crianças se elas fizerem as pazes. Deram de brigar agora e ficar sem se falar. Já faz dois dias que não se olham na cara. Quero ver na hora da ceia. Eu vou falar: "Marcelina e Juliano, vocês vão fazer as pazes na minha frente agora! Onde já se viu isso? Dois irmãos brigarem o dia inteiro, feito cão e gato. Cadê o amor de vocês um pelo outro, que eu ensinei?"

Do jeito que eles são, vão falar da minha irmã, Iesa. E daí que eu tô brigada com Iesa? E daí? O que eles têm com isso? Eles não sabem como é a Iesa? Insuportável, ridícula. Roubou minhas coisas a vida toda. Roubava tudo, aquela sonsa! Não devolvia. Apanhei muito por causa dela. Não tem que mudar de assunto, tem que fazer as pazes na minha frente. Senão eu vou dar na cara mesmo. Vai ser o presente de Natal deles. Um tapa na cara pra deixarem de ser ridículos.

Porque eu levo a sério essa coisa de amar o próximo. Tá na Bíblia isso. Amar o próximo como a si mesmo. Acho muito bonito. Eu sempre tento emplacar isso aqui em casa, mas essas crianças não aprendem de jeito nenhum, gente! Não sei mais o que eu faço.

Outro dia falei pra Marcelina: "Você tem que amar seu irmão. Tem que emprestar as coisas pro seu irmão, deixar de ser egoísta. E seu irmão a mesma coisa com você." Porque criança é egoísta. Ela nasce egoísta. O natural dela é egoísmo. Ela acha que é tudo dela, que a coisa é dela. E eu tento ensinar o amor ao próximo pra elas.

Teve um Dia das Crianças em que Juliano ganhou um skate. Aí Marcelina foi e quis o skate também. Eu disse: "Minha filha, pede emprestado ao seu irmão. Ele não gosta de skate, não anda de skate, nunca andou." Aí ela pediu, ele não emprestou. Ele não andou e não emprestou. Você tá entendendo isso? Aí ela fez o quê? Ligou e pediu pro pai. Ele comprou o skate, ela pisou e quebrou. Lógico. É imensa. Não pode andar de skate. Mas se eu tivesse falado antes, não tinha escutado.

Minha irmã sempre me emprestou tudo. E eu sempre emprestei tudo pra ela. Uma coisa ou outra a gente roubava, claro. Porque é como eu tava dizendo, ela já roubou muita coisa minha. Roupa roubou. Roubou coisa na penteadeira. Roubou cordão meu. Brinco ela já roubou muito. Até namorado! Uma vez ela pegou namorado meu. Ela diz que não, mas eu sei que ela pegou. Porque eu tô de olho sempre. Mas eu não discuto com ela. Porque eu procuro trabalhar isso em mim. A coisa de amar o próximo. Eu gosto disso.

Ai, gente. Tô cansada dessas crianças, sabe? Outro dia até falei com uma amiga minha: "Se você tiver vontade de ser mãe, vem aqui em casa e leva as crianças com você. Porque eu dou pra você, mesmo. Aí eu vou estar doando as crianças e você vai estar fazendo uma caridade pra mim que é levar essas crianças pra você." Quer dizer, uma mão lava a outra. Tem que desapegar mesmo, compartilhar. Esse é o espírito do Natal, se você analisar bem. Natal foi o quê? Foi nascimento de Jesus, que foi Maria entregando o filho dela pro mundo. Eu faria o mesmo tranquilamente. Vai mundo, pega esses filhos aqui, leva e tenha um feliz Natal.

Cena do espetáculo *Minha mãe é uma peça*

16. Intimidade com Deus

Assim eu morro! Marcelina saiu de casa agora e nem falou comigo, não me deu satisfações sobre aonde tava indo. Eles fecham a porta na nossa cara. É assim que eles são. Eu digo: "Marcelina, você fica sapateando na minha cabeça, eu quero ver depois sapatear em cima do caixão." É complicado viver assim, gente. Eles sapateiam em cima da gente. Você sabe o que vou fazer? Eu vou viver como se não houvesse amanhã. Eu vou pra rua, vou comprar coisa, vou comprar roupa nova, vou viajar, vou viver a vida. Senão vou enfartar dentro de casa com essas crianças. Essas pestes.

Saber por que eu vou fazer isso? Porque minha mãe fez. Ela viveu assim. Mamãe vivia como se não houvesse amanhã. Tinha problema de colesterol, tinha diabetes, tinha mais de 100 anos, mas comprava tudo que queria, fazia tudo que queria como se não houvesse amanhã. Aí um dia pegou, saiu, comprou um micro-ondas caríssimo. Era o mais caro da época, o mais bombado. Logo depois que comprou, morreu. Não chegou nem a usar o micro-ondas.

Quer dizer, eu no enterro dela tive que lidar com a morte dela, o fato de ter desencarnado mesmo, e ainda com 12 parcelas de um micro-ondas. Eu não consegui nem usar depois aquele micro-ondas, porque eu olhava pra ele e tinha vontade de dar na cara de mamãe. Mas eu sinto falta de mamãe até hoje, sabia? Sinto mesmo. E o micro-ondas? Tive que dar pra Valdeia.

Eu falo que queria dar na cara de mamãe sem receio nenhum, mesmo. Eu não temo alma penada. Mas certas pessoas vão ter que ter medo, sim. Se eu morrer... Vai que morro mesmo, né, porque ninguém tá livre. Morrendo, eu não vou dar paz a uns e outros. Deus que me perdoe, mas Carlos Alberto vai ser o primeiro. Vou cobrar, sim. Vou ficar em cima pra ele cuidar das crianças, porque se eu morrer quem é que vai cuidar deles?

Tão achando que Carlos Alberto vai cuidar de Marcelina e Juliano só porque eu morri? Duvido! Vai dizer que agora é melhor pra eles crescerem. Mas eles não têm condição, sei que não têm. Vou ter que ficar em cima de Carlos Alberto. Puxar o pé mesmo. E no escuro eu não vou ver direito. Se eu puxar a perna daquela lambisgoia que casou com Carlos Alberto, a culpa não é minha. Vou logo avisando. Eu já não enxergo bem viva, que dirá morta. E como é que a gente vai enxergar bem com aqueles lençóis horríveis que tem que usar quando vira fantasma? Deus me livre de pegar um lençol encardido. Do jeito que a situação tá, vou morrer sem dinheiro pra um lençol limpinho, sem estar encardido. Eu queria ter dinheiro pra um lençol de seda. Ah, pensando bem, pra puxar o pé daquela vaca da Soraia lençol encardido tá mais que bom mesmo.

Mas tô pensando aqui... Se eu morrer, eu indo direto pro céu, que é pra onde eu vou com certeza, depois desse martírio aqui na Terra com as crianças... Estando no céu, como eu faço pra pegar no pé das pessoas? Eu tenho que estar no purgatório ou posso me ausentar por um momento lá do céu? Quem sabe dessas coisas é Elvira. Depois que a filha virou budista e foi morar nos Himalaias, a coitada surtou e começou a ler tudo sobre espiritualidade. Era isso ou sofrer em casa essa perda. Imagina, você cria sua filha a vida toda pra ela sumir da sua vista! Mas vou ligar pra Elvira, que vai saber falar sobre essas coisas de espiritualidade.

— Alô?

— Alô, Elvira? É Hermínia! Tudo bem?

— Oi, Hermínia? Como está essa energia?

— Ih, Elvira. A essa hora a energia tá lá embaixo já. Ainda mais que tô com umas dores na coluna.

— Ah, é? E o que você tem feito pra essa dor, Hermínia?

— Pra melhorar? Eu tô vendo televisão, né? Tenho ficado em casa. Tô tentando ficar em casa, relaxar.

— Ah, mas assim não vai melhorar. Você tem que fazer acupuntura. Eu te indico um lugar ótimo...

— Deus me livre fazer acupuntura! Eu tenho horror daquelas agulhas. Eu tenho medo daquele cara me furar e pegar um nervo errado e eu ficar paralisada. Que eu já sou paralisada, né? Não posso me mexer muito que dói.

— Então você tem que começar com um shiatsu. Também tem um lugar ótimo que eu frequento. Vou te levar lá.

— O que é essa coisa de chiado, gente?

— Shiatsu! É uma massagem nos pontos da acupuntura. É maravilhoso, você devia fazer. Eu faço já há seis meses e tô nova. As pessoas acham que é plástica, mas não é. É shiatsu. Agora eu mesmo tô massageando os pontos que levantam os músculos da face.

— Ih, Elvira. Tá exótica, você, hein! Tá com essas coisas de exótica mesmo!

— Você quer dizer esotérica, Hermínia!

— Mesma coisa, exótica e esotérica. Sabe por que você tá remoçando? Porque tá sem filha em casa. Não é só jiu-jítsu, não.

— Shiatsu!

— É porque tá sem filho. Se você tem filho e uma louça pra lavar, a pele é outra, né?

— Você tá muito estressada, Hermínia. Está muito ofensiva. Você é O positivo?

— Oi? O sangue que você tá falando?

— É, o sangue. Só pode ser. Essa coisa de querer ser forte, dominadora, líder.

— Não é nada disso, Elvira! Eu nem sou O positivo. Mas líder eu sou mesmo, todo mundo diz. Eu até podia ser síndica aqui, mas forças ocultas não deixam. Não é interessante pra situação, entende? Aí eu continuo na oposição, mas bem atuante.

— Você pode não ser O positivo, mas deve ser de Áries. A mulher ariana é mandona.

— Ah é? Então o sangue anula o signo, né? Uma palhaçada esse negócio de astrologia, né? Eu não sou ariana. Palhaçada isso. Mas escorpião é como? Eu sou de escorpião. Sou boa?

— Olha, todos os signos são bons e ruins. Mas o que importa mesmo é você ser uma pessoa positiva.

— Entendi. Não soube responder, né?

— Você toma cuidado, Hermínia. Gente negativa é a pior coisa que tem, hein!

— Eu não sou negativa. Eu não suporto gente negativa. Essas pessoas negativas não têm massa encefálica, não conseguiram desenvolver o corpo, o cérebro. É que nem prematuro, pode reparar. Todo prematuro é vago. Fica assim, vago, olhando as coisas. Depois, na vida adulta, fica meio perdido. Carlos Alberto, meu ex-marido, foi prematuro. Porque ele era vago. Lembro que ele era vago. Aquele vigarista. Eu falava poucas e boas pra ele.

— Mas não devia!

— O quê? Não devia falar as coisas com ele? É que você não conheceu a peça, minha filha. Aquilo era um vigarista. Eu falava é pouco.

— Mas quando você rebate um desaforo você pega o carma negativo da pessoa. Quando alguém me fala um desaforo, eu respiro e digo: "Senhor, perdoa essa alma."

— Eu não sou assim, não! Eu digo: "Senhor, me perdoa, mas vou dar na cara dessa pessoa." Às vezes a pessoa tem que dar graças a Deus que tá do outro lado da linha, pra não levar umas bifas.

— Hermínia, eu tô sentindo que a sua energia está totalmente desestabilizada. Você quer cantar um mantra comigo? A gente faz junto, por telefone mesmo.

— Não posso, Elvira. Eu não gosto de mantra, de funk, de mantra ostentação, essas coisas, não. Olha, vou ter que desligar porque a panela tá no fogo e tá apitando lá. Se eu queimar o bife que tá cozinhando eu vou ficar com o carma péssimo, porque desperdicei a vida do boi. Carma de boi é horrível, não quero pra mim, você entende, né?

— Mas Hermínia, eu sinto que você me ligou buscando respostas pra algo transcendental.

— Era coisa de desencarne, sim. Mas pode deixar que eu te pergunto quando acontecer. Deixa o pé de fora pro lençol e a gente conversa, tá?

— O quê? Não estou entenden...

— Tchau, Elvira!

— Tá bom, já que você precisa desligar... Namastê.

— Na matinê pra você também! Fica com Deus, Elvira.

Nossa, a mulher tá completamente louca, desequilibrada. Tá vendo o que filho faz com a gente? Tá perto, perturba. Vai embora, enlouquece a gente. Pior coisa que eu fiz foi buscar resposta com essa criatura. Isso tá distante de Deus, tá rezando pra entidade oriental, aqueles deuses com cara de elefante e cheios de braços. Pra que um deus que já tem um monte de braço vai precisar de tromba? Eu, hein. Nem Marcelina, que tá obesa, ia querer ser devota de deus elefante.

Quer saber? Eu vou é rezar direto pra Deus, que é um negócio que eu sei fazer. Eu já pedi tanta coisa que já peguei intimidade com Deus. Ele me conhece desde que eu era pequena, que eu já pedia as coisas pra Ele. Era criança e pedia tudo a toda hora. Eu ganhava as coisas? Não ganhava. Por quê? Porque não era temente a Deus. Eu não dimensionava as coisas. Não tinha o medo, faltava o temente. Eu era temente só ao bicho-papão, mas a Deus não era. Falava com ele como quem liga de um celular. Agora eu sei que não pode ser assim. Tenho que ser temente. Então agora eu não abuso da intimidade, você tá entendendo? Vamos lá, vou rezar aqui pra vocês verem.

— Deus, eu queria pedir uma coisa pra Você. Eu queria um pouco de paciência com as crianças aqui em casa, queria que Você me desse um pouco de paciência. Porque eu tô completamente sem paciência com elas, a gente tem brigado muito. Tá? E dinheiro também. Se Você puder me dar um pouco de dinheiro... Porque tá bem difícil. Tá? Porque o dinheiro também já aproveita e já relaxa a gente. Se tiver que ser ou um ou outro, aí eu prefiro até o dinheiro. Tá? Porque com o dinheiro, se eles me encherem o saco, eu dou uma viajada, uma espairecida. Tá bom? Queria também pedir algo pra Iesa, minha irmã, só pra não parecer que eu peço só pra mim. Eu queria pedir pra ela dar uma sumida da minha vida por um tempo. Pra eu poder relaxar com ela, senão eu vou acabar sendo grossa com ela já, já. Tá bom? Só um minuto aqui, Deus. Tá tocando o telefone.

"Alô? Juliano, vem pra casa agora! Agora! Não tem boate, não tem nada!

"Desligou na minha cara. Você tá entendendo, Deus? A minha relação com eles não tá boa, eles não me escutam. Juliano só vem em casa pra comer e dormir, isso aqui virou uma pensão. Marcelina também tá imensa de gorda, eu não consigo fazer nada por ela. Me dá uma ajudada, tá, Deus? Deixa eu dar uma parada, que eu já falei pra caramba. Qualquer coisa depois a gente dá uma palavrinha, tá? Brigada."

Ai, gente! Esse negócio da coluna é muito ruim pra mim. Esse negócio de abaixar pra rezar também, isso é uma palhaçada. Não aguento, eu não tenho saúde pra abaixar pra rezar. Devia ter aproveitado pra pedir também logo saúde pra coluna. Agora eu não sei se volto pra solicitar isso, porque às vezes a gente parece que é irritante, fica impregnando Deus com esses pedidos sem fim. Já sei. De repente eu volto a orar com a desculpa de que queria dar uma agradecida. Assim dá pra disfarçar. Peraí. Vou rezar de novo.

Cena do filme *Minha mãe é uma peça*, de André Pellenz

— Deus?! Oi, meu amor. Sou eu de novo. Desculpa. É que eu vim agradecer. Não queria deixar de agradecer a oportunidade de estar podendo estar pedindo aqui de novo. Queria pedir um pouquinho de saúde na minha coluna. Tá? Porque tá bem complicado mesmo. Até pra poder ajoelhar pra poder falar com Você. Tá ruim pra mim. Tá, meu amor? Brigada, tá? Beijo!

Não se fala "beijo" pra Deus, gente! De repente eu tenho que falar com Ele de novo, pra pedir desculpas... Mas voltar pra falar vai irritar mais ainda. De repente avisar que não é beijo, que é outra coisa. Não vou falar nada não. Ele entendeu que eu tô perdida. Talvez... Talvez eu devesse falar só mais uma coisinha... Que é pra Ele olhar pelos meus filhos. Porque são as coisas mais importantes que eu tenho nessa vida e me dá uma agonia saber que um dia eu posso não estar aqui pra cuidar deles. Eu queria muito que Ele cuidasse das crianças na minha ausência, porque mais ninguém tá à altura disso. E aí? Falo de novo? Falo do amor que tenho por eles? Ah, deixa pra lá. Deus sabe. Todo mundo sabe. Se bobear, até as crianças sabem também. Essas pestes.

Agradecimentos

Esse livro é dedicado a todas as mulheres da minha família e da minha vida; aos meus amigos que eu amo e com quem estou pra qualquer parada; ao meu pai, que é um pouco mãe também e é um cara extremamente especial; a minha Tia Penha, minha Mãedrasta, que foi quem pagou meu curso de teatro e possibilitou minha formação nas artes cênicas, e por quem eu tenho um carinho pra lá de especial; a Valdeia, que trabalha na minha casa há trinta anos e foi uma das minhas fontes de inspiração para meus personagens; a minha irmã, que é minha melhor amiga e trabalhou comigo nesse espetáculo por muitos anos; a Claudio Tizo, que foi o melhor produtor que eu tive na vida e levou essa peça pra todo o Brasil; a Marcus Majella, que também fez parte dessa história; a Fil Braz, que é um autor que contribuiu e continua contribuindo com tudo na minha vida; a Fred, meu contrarregra, que já é parte da minha família; a Zuma, que foi um contrarregra que eu não esqueço e nunca mais vi; a Carol Del Vecchio, que cuida de mim no camarim, na coxia, e também da minha vida com o maior amor; ao meu público fiel, que me acompanha nesses dez anos de carreira; ao meu empresário, Marcus Montenegro, que foi quem mais fez todo o movimento pra que esse livro existisse; a Samantha Schmutz, que abriu as portas da sua casa para que eu pudesse fazer as primeiras frases dessa personagem; e às duas pessoas mais importantes pra que essas histórias existissem: minha mãe, Déa Lucia, que é minha MAIOR fonte inspiradora e que com sua energia, alegria e loucura me fornece material para mais 25 livros desses, e por fim a ela, Dona Hermínia, personagem que mudou minha vida pra SEMPRE!! Desejo a todos vocês muito amor, saúde, paz e HUMOR!

1ª EDIÇÃO [2015] 1 reimpressão

ESTA OBRA FOI COMPOSTA EM ADOBE GARAMOND PELA FILIGRANA
E IMPRESSA EM OFSETE PELA LIS GRÁFICA SOBRE PAPEL PÓLEN SOFT DA
SUZANO S.A. PARA A EDITORA SCHWARCZ EM MAIO DE 2021

A marca FSC® é a garantia de que a madeira utilizada na fabricação do papel deste livro provém de florestas que foram gerenciadas de maneira ambientalmente correta, socialmente justa e economicamente viável, além de outras fontes de origem controlada.